JN152061

町奉行内与力奮闘記八

詭計の理

上田秀人

幻冬舎時代小説文庫

詭計の理

町奉行内与力奮闘記八

目次

●江戸幕府の職制における江戸町奉行の位置

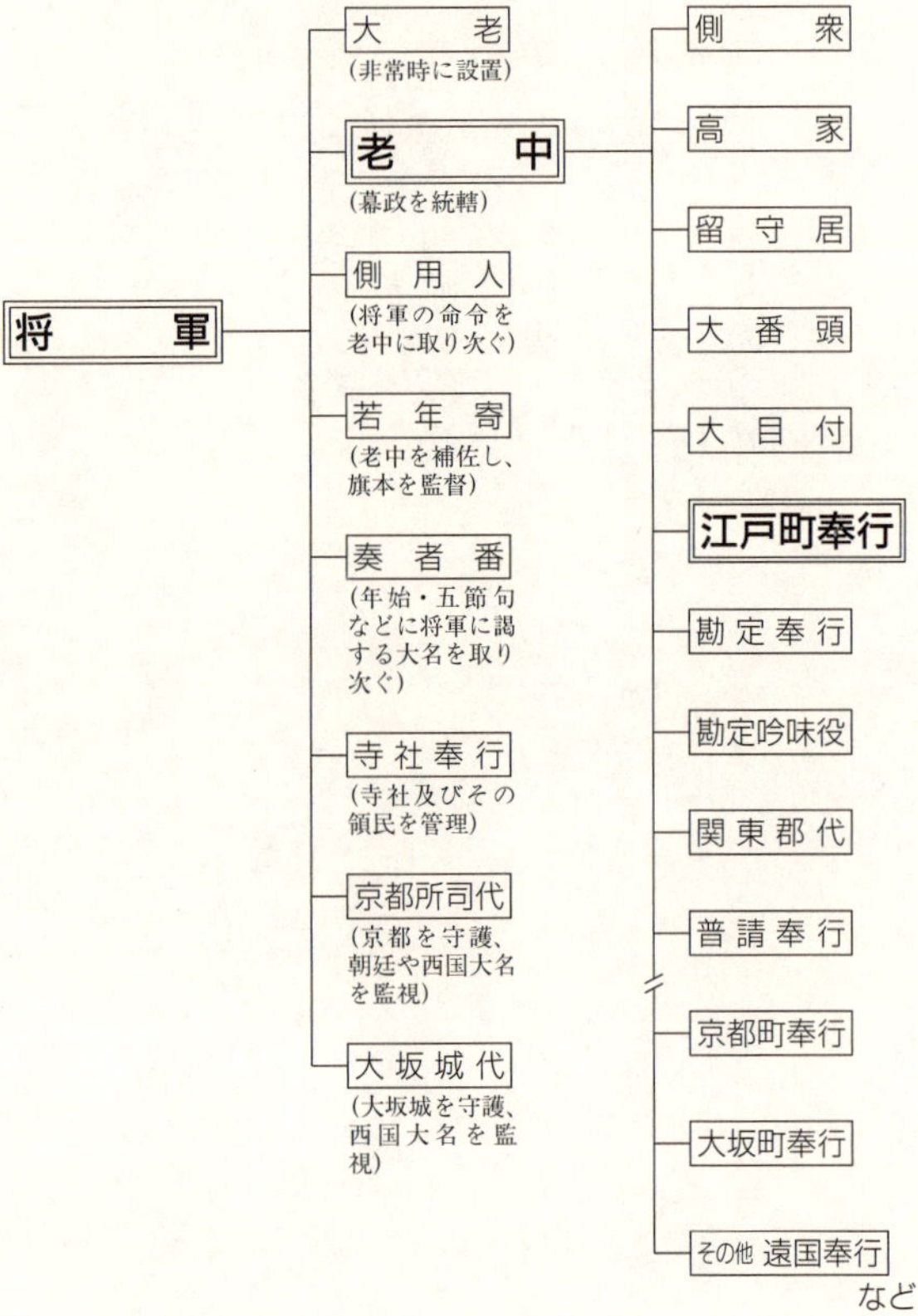

※江戸町奉行の職権は強大。花形の役職ゆえに、その席はたえず狙われており、失策を犯せば左遷、解任の可能性も。

●内与力は究極の板挟みの苦労を味わう！

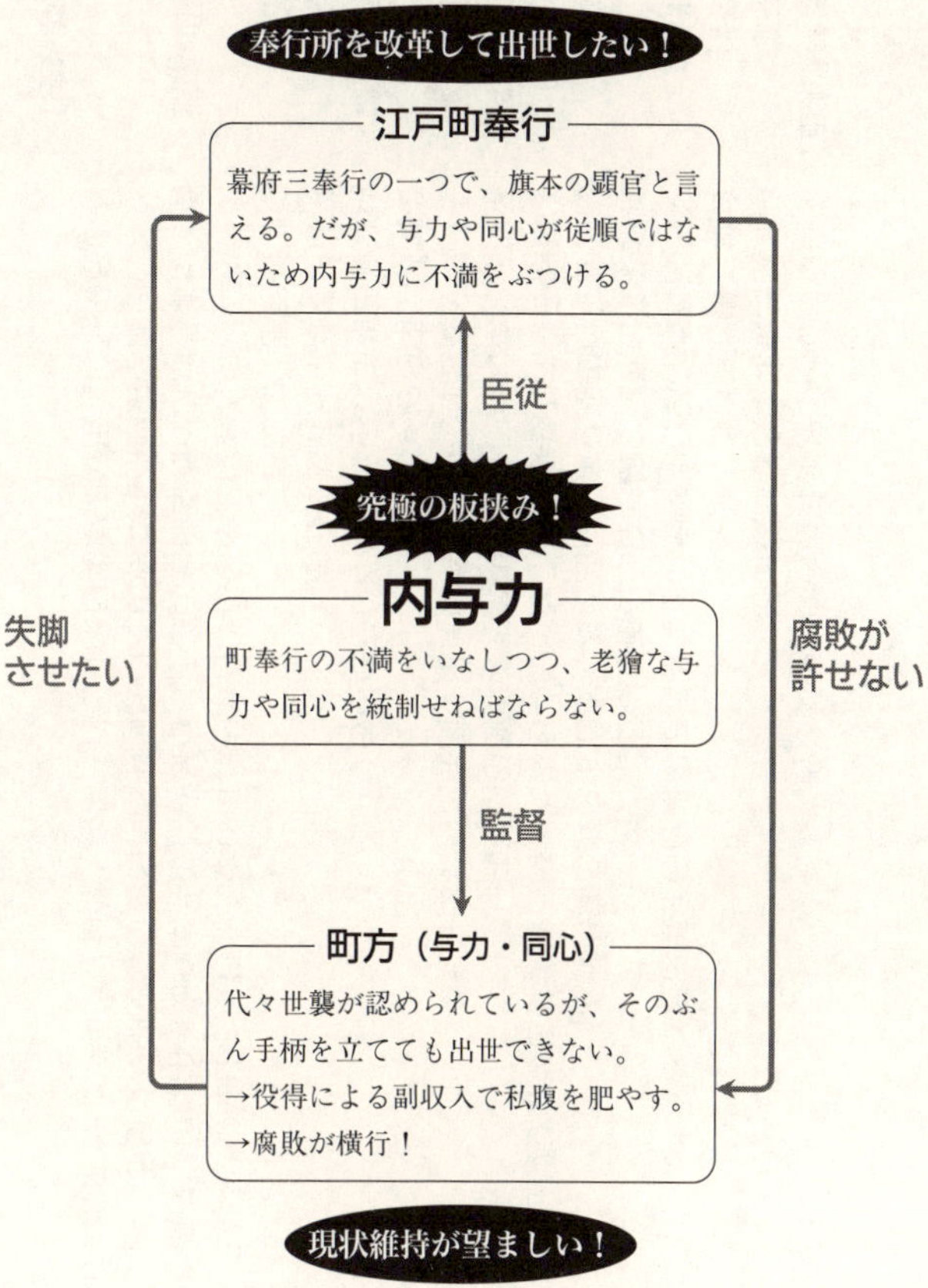
奉行所を改革して出世したい！
江戸町奉行
幕府三奉行の一つで、旗本の顕官と言える。だが、与力や同心が従順ではないため内与力に不満をぶつける。
臣従
究極の板挟み！
内与力
町奉行の不満をいなしつつ、老獪な与力や同心を統制せねばならない。
失脚させたい
腐敗が許せない
監督
町方（与力・同心）
代々世襲が認められているが、そのぶん手柄を立てても出世できない。
→役得による副収入で私腹を肥やす。
→腐敗が横行！
現状維持が望ましい！

【主要登場人物】

城見亨　本書の主人公。曲淵甲斐守の家臣。二十四歳と若輩ながら内与力に任ぜられ、忠義と正義の狭間で揺れる日々を過ごす。一刀流の遣い手でもある。

曲淵甲斐守景漸　四十五歳の若さで幕府三奉行の一つである江戸北町奉行を任せられた能吏。厳格なだけでなく柔軟にものごとに対応できるが、そのぶん出世欲も旺盛。

徳川家治　江戸幕府第十代将軍。
田沼意次　家治の寵愛を受ける老中格。
牧野大隅守成賢　江戸南町奉行。曲淵甲斐守と出世を争う。
白川　牧野大隅守の用人。
赤城屋丑右衛門　小川町の雑穀商。江戸で雑穀を扱う店としては最大規模。
播磨屋伊右衛門　咲江の大叔父。日本橋で三代続く老舗の酒問屋。
西咲江　大坂西町奉行所諸色方同心西二之介の長女。歯に衣着せぬ発言が魅力の上方娘。
志村　播磨屋伊右衛門が雇った用心棒。城見亨の剣の腕を認めている。
池端　播磨屋伊右衛門が雇った用心棒。凄腕。
竹林一栄　江戸北町奉行所の元筆頭与力。曲淵甲斐守との暗闘に敗れる。
丹羽五郎左　竹林に金で雇われた浪人。
左中居作吾　江戸北町奉行所の現筆頭与力。
三浦屋四郎右衛門　吉原でもっとも大見世である三浦屋の主。

第一章　後悔の終わり

一

品川から江戸への区切りは高輪にある大木戸であった。

大木戸は高輪だけでなく、四谷、板橋にもあり、ここまでが江戸だという区切りともされていた。

高輪の大木戸も当初は芝口御門を出たところにあったが、宝永に高輪に移された。つまりそこまで町奉行所の管轄が広がったということであった。

「緊張するな。一々、通る者の面など検《あらた》めはせぬ」

竹林一栄《たけばやしかずえ》と肩を並べていた浪人丹波五郎左《たんばごろうざ》が注意をした。

「……ああ」

木戸が近づくに連れて顔を強張らせた竹林一栄が息を吐いた。

大木戸は東海道を挟むように設けられた幅十間（約十八メートル）ほどの土塁、その中央辺りに柵と木戸があり、往来を区切れるようになっていた。

明け六つ（午前六時ごろ）から暮れ六つ（午後六時ごろ）まで木戸を開けて通行を許し、木戸脇に六尺棒を持った番人が控えていた。

「おどおどするな。ああいった小役人は、こちらが気弱だとつけこんでくるぞ。堂々としておれば武家相手に苦情など言わぬ」

「お手配の確認などはせぬのか」

丹波五郎左の話に竹林一栄が驚いた。

大木戸の番人の役目は将軍のお膝元である江戸に胡乱《うろん》な者を侵入させないことである。

「貴殿は江戸から品川へ出られたのだろう。一度は通っておるはずだが」

「そういえば、なにもなかったな」

首をかしげた丹波五郎左に竹林一栄が思い出した。

「いろいろあってな、あのときは江戸を離れることしか考えておらず、そこまで気が回らなかった」

竹林一栄が己《おのれ》の余裕のなさに気づいた。

「そんなものだな。人というのは。必死になればなるほど、周囲を見なくなる」

「であるな」

曲淵甲斐守景漸《まがりぶちかいのかみかげつぐ》に抵抗することしか考えていなかったころの己がまさにそうであったと竹林一栄が同意した。

「ただそうなると、まず失敗する」

「たしかにしたな」

丹波五郎左の経験に竹林一栄が苦笑した。

「ほれ、通れた」

話している間に高輪の大木戸を二人は通過していた。

「なにをしておるのだ、あやつらは」

思わず北町奉行所筆頭与力だったころに戻って竹林一栄が番人たちの油断を嘆いた。

「どういうかかわりがあるのかは知らぬが、手抜きのおかげで無事だったのだ。感謝してやるべきだぞ」

「……………」

丹波五郎左の言葉に竹林一栄がなんともいえない顔をした。

「さて、どこへ行けばいい」

「常盤橋《ときわばし》御門まで」

問うた丹波五郎左に竹林一栄が北町奉行所の場所を告げた。


江戸町奉行は幕府三奉行の一人として、政《まつりごと》に参加することができる。とはいえ、天下の金を扱う勘定奉行やいずれ若年寄《わかどしより》から老中へと出世する大名が任じられる寺社奉行と違い、将軍や老中からの諮問がなければ、なにをすることもない。

午前五つ（午前八時ごろ）に登城して、昼八つ（午後二時ごろ）に下城するまで町奉行は、ただ手持ち無沙汰《ぶさた》であった。

「無駄な」

北町奉行曲淵甲斐守はこの暇な半日を嫌っていた。

天下の城下町江戸の町屋すべてを支配する町奉行は多忙である。犯罪、災害、行政と仕事は多岐にわたり、山のようにある。朝七つ（午前四時ごろ）に起き、深更にいたるまで厠《かわや》へ行くのも難しい。その一日のうち、貴重な三刻《とき》（約六時間）を江戸城で過ごさなければならないだけでなく、この間は書付の一枚も処理してはならないのだ。

いつ将軍家のお召しがあるかわからないとの理由で、町奉行はただ待機をする。

とはいえ、町奉行であるかぎりは、決まりを守らなければならないし、より高みを目指すならば老中や若年寄などの要路との付き合いを欠かすわけにはいかない。

町奉行や勘定奉行などの、旗本としてはほとんど上がりに近い役目ともなると、その出世は老中の引きが大きな比重を占める。

「これについて町奉行はどう考えるか」

こういった諮問があったときに、登城していないだとか、仕事にかまけて返答が遅くなるとかしては致命傷になる。

もっともそんなことは年に何度あるかといったていどだが、好機を逃すわけにはいかないのだ。

「なにか言われたか」

同じように座っている南町奉行牧野大隅守成賢《まきのおおすみのかみしげかた》が曲淵甲斐守の独り言を聞き咎《とが》めた。

「いや、なんでもござらぬ」

「さようか、なにか不満をお持ちのように聞こえたが」

牧野大隅守が曲淵甲斐守を見た。

「不満……わたくしが……それはござらぬな。町奉行という栄えあるお役目を任されておるのでござる。逸《はや》る気持ちを抑えるのに苦労をしておるほどでござる」

同役こそ、出世を争う最大の敵になる。ほんの少しでも弱みを摑《つか》まれれば、それで敗北が決まってしまう。

曲淵甲斐守がはっきりと否定した。

「逆に、貴殿のなかにお役目への苦痛がござるゆえ、そのように聞こえたのでは」

「なにを言われるか。拙者は町奉行こそ吾《わ》が天職と思い、日々精進を重ねておりまする」

言い返された牧野大隅守が手を振った。

「結構なことと存ずる」

「ご同様である」

二人は無意味な言い争いを止《や》めた。

「どれ、そろそろ下城いたすといたそう」

弁当を使い終わった牧野大隅守が腰をあげた。

「南町は所用が多くての」

北町奉行所は暇でいいなと牧野大隅守が笑った。

「さようか。お身体《からだ》がお辛《つら》いようならば、退かれるのも御上《おかみ》のためでござるぞ。御役の途中で倒れでもしては、迷惑になりますでの」

皮肉には皮肉で返す。

「健勝じゃわ」

曲淵甲斐守の言葉に牧野大隅守が怒った。

「お忙しいのでござろう。お行きあれ」

「……ふん」

忙しいと言ったのは嘘《うそ》だったのかと匂《にお》わせた曲淵甲斐守へ鼻を鳴らして、牧野大隅守が控えの間を出ていった。

「あていどの者が町奉行とはの」

一人になった曲淵甲斐守がため息を吐《つ》いた。

「儂《わし》と同格、なにか江戸の城下で新しいことを始めたいと思っても、あやつの賛同を得ねば老中方にお話もできぬ」

二人いるだけに合意が基本になる。互いの意見が一致しなければ、なにかするための許可を求めることさえできなかった。

「やはり町奉行は一人でいい」

曲淵甲斐守が確信した。

「町奉行さま、お出《い》でてでございましょうや」

襖《ふすま》の外からお城坊主が声をかけた。

「おるぞ」

「ご無礼　仕《つかまつ》りまする」

曲淵甲斐守の応答に、襖が開けられた。

「ご老中松平右京大夫《まつだいらうきょうのだいぶ》さまがお呼びでございまする」

「右京大夫さまが。承った。ただちに」

お城坊主の用件に曲淵甲斐守が勇み立った。

「ご案内をいたしまする」

「頼む」

老中の執務室である上の御用部屋には用がなければ近づけなかった。お城坊主の申し出を曲淵甲斐守が受けた。

「……………」

「そうであったな。これを」

案内すると言いながら動こうとしないお城坊主に、曲淵甲斐守が気づいて持っていた白扇を手渡した。

「かたじけのうございまする。どうぞ」

白扇は城中での金代わりであった。白扇をもらったお城坊主が喜色を浮かべて、歩き出した。

老中は天下の執政であり、その権は大きい。とくにその職務は、天下の政などのような密事が多く、その執務室である上の御用部屋へ他者は立ち入ることさえ許されていなかった。

「こちらでお待ちを。お報《しら》せして参りまする」

上の御用部屋から少し離れた畳廊下で、お城坊主が曲淵甲斐守に待機を求めた。

「うむ」

曲淵甲斐守が指定された場所に腰をおろした。

老中は多忙だからか、あるいは権威付けをするためか、呼びつけておいて待たせる。それこそ半刻（約一時間）くらいは待たされた。

「…………」

曲淵甲斐守は背筋を伸ばして目を閉じた。

老中から呼び出された場合、立って待つのは避けるべきとされていた。立っていると、老中に待たせているという意識を持たせてしまい、気兼ねを要求しているように見える。それを防ぎ、老中に気遣いをさせないよう座って待ち、近づいてきたら立ちあがって一礼するのが慣例とされていた。

「待たせたの」

さほど待つことなく、松平右京大夫が現れた。

「いえ、御用繁多と存じあげておりまする」

立ちあがった曲淵甲斐守が深く腰を折った。

「うむ」

満足そうに松平右京大夫が顎《あご》を上下させた。

「御用でございましょうか」

老中を長く引き留めるのは悪手である。曲淵甲斐守が問うた。

「少し訊《き》きたいことがあっての。ちまたに刺客を生業とする者がおるというが、真《まこと》か」

「刺客を生業に……」

松平右京大夫の質問に曲淵甲斐守が首をかしげた。

「聞いてはおらぬのか」

「噂《うわさ》ていどならば、耳にしておりますが……」

「見つかってはおらぬ……と」

「はい。未だそのような生業の者を捕らえたという報告はございませぬ」

曲淵甲斐守が首を横に振った。

「ふむ。余が聞いたところによると、無頼どもには縄張りがあるらしい。その縄張りを取り仕切っている頭分に頼めば、誰であろうとも命を奪ってくるとな」

松平右京大夫が告げた。

「縄張りでございますれば、存じております」

ここまで言うとあれば、あるていどの確証を松平右京大夫は持っていると考えるべきであった。曲淵甲斐守はこれ以上知らないと言い続けて、無能と思われるのを避けた。

「町奉行になりましてから、あまりときは経《た》っておりませぬが、名のある商家などから苦情がございましたので、配下の与力、同心どもに命じていくつか潰《つぶ》させましてございまする」

「ほう、すでに動いていたか」

松平右京大夫が感心した。

「捕まえた者はどうしておる。そこから刺客業の話を聞き出せぬか」

「牢奉行に預けまして、吟味方《ぎんみかた》与力を向かわせて厳しい詮議《せんぎ》をいたしておりまする」

尋ねられた曲淵甲斐守が答えた。

日本橋付近を支配していた陰蔵《かげぞう》の配下を北町奉行所は確保している。もっとも小者ばかりで、名だたる配下たちは陰蔵に狙われた播磨屋《はりまや》伊右衛門《いえもん》の用心棒たちによって仕留められてしまっているため、なにもわかってはいなかった。

「上様のお膝元で下手人が徒党を組んで、善良な民を害しているなど論外である。かならず究明いたし、城下から一掃いたせ」

「承知いたしましてございまする」

「牧野大隅守はどうした」

ふと松平右京大夫が気づいた。

「お召しを受ける前に下城いたしましてございまする」

曲淵甲斐守が告げた。

「……そうか。ならば、このことそなたに任せてよいな。甲斐守」

「かならずやご期待に応えてご覧に入れまする」

「重畳《ちょうじょう》である」

松平右京大夫がうなずいた。

「一つ、お伺いをいたしましても」

「なんじゃ」

目上への質問は、まず許可を得なければならない。曲淵甲斐守の求めに松平右京大夫が促した。

「ご老中さまのお耳に刺客業の話を入れた者は誰でございましょう。そこから話を聞きたく存じまする」

権門に近い者への尋問は不可能に近い。曲淵甲斐守が話を訊くではなく、聞きたいと言った。

「赤城屋《あかぎや》を知っておるか」

「あいにく」

屋号だけで特定はできなかった。伊勢屋《いせや》など町内に一軒以上あり、江戸中となると百近くなる。曲淵甲斐守が首を横に振った。

「雑穀を扱う赤城屋じゃ。吾が家の出入りをしておる」

松平右京大夫は高崎藩八万二千石の主《あるじ》である。高崎藩では、蕎麦《そば》、粟《あわ》、稗《ひえ》なども栽培していた。

「わかりましてございまする。聞いても」

「よいぞ」

曲淵甲斐守の確認に松平右京大夫が首肯《しゅこう》した。

「あと一つ、この扱いについて、南町奉行の力を借りたいときは」

「そなたが主となれ」

南町奉行所を遣ってもいいかと問うた曲淵甲斐守に松平右京大夫が許可を与えた。

「では、早速に」

曲淵甲斐守が頭を垂れた。

「吉報を待っておる。江戸の安寧をなしてこそ、町奉行であるぞ」

松平右京大夫が念を押して上の御用部屋へと戻っていった。

「赤城屋か。誰に唆《そそのか》されて右京大夫さまに、そのような話をした」

陰蔵、播磨屋伊右衛門の用心棒志村《しむら》と曲淵甲斐守の周囲に刺客とかかわっている者の影がちらついている。そんなとき老中の耳に刺客の話が届く。これを偶然と考えるほどおめでたい頭では、役人など務まるわけもない。

曲淵甲斐守が独りごちた。

二

江戸城本丸へ続く大手門は別として、その他の諸門は明るい間の通行ができた。あえて庶民たちは通りたがらず堀沿いを遠回りするが、とりわけて門を守る大番士や書院番士などの誰何《すいか》を受けることもなかった。

「常盤橋御門まで来たが、どうする」

丹波五郎左が竹林一栄に問うた。

「北町奉行曲淵甲斐守の行列を襲う」

「……また、大事をするのだな」

竹林一栄の答えに丹波五郎左が驚いた。

「暇つぶしに語ろうか……」

己の過去を竹林一栄が綴《つづ》った。

「……なんというか、どう考えても貴殿が悪いぞ」

聞き終わった丹波五郎左があきれた。

「わかっているさ。だがな、先祖代々受け継いできたものだぞ。そう簡単に渡せるわけなかろう」

「言いぶんはわかるがの、世のなかをうまく渡るには上役の言うとおりにしておくのがこつじゃ」

丹波五郎左が首を横に振った。

「おぬしもなにかありそうじゃな」

「さほどのことではないがの。上役が出入り商人とつるんでな、藩に納める品物を高く買い入れていたのだ。それに気づいてしまった」

「告発したのか」

「まさか、そこまで馬鹿ではない。そのまま小金をもらって黙っていればよかったのだがな、断ってしまったのよ」

丹波五郎左が嘆息した。

「しゃべるつもりなんぞなかった。ただ、己は仲間ではないという自負を、免罪を持ちたいがために、金を受け取らなかった。そうしたら、吾が藩の金を横領したと上司が横目付《よこめつけ》に訴え出てな」

「勘定方だったのか」

苦笑した丹波五郎左に竹林一栄が驚いた。

「剣術は初歩の初歩しかやっておらぬがな、浪人してからいろいろ経験したおかげで、人くらい斬れるようになった」

暗に人を殺したことがあると丹波五郎左が述べた。

「それくらいでないと無駄金になる」

「ほう、もと町方の与力さまとしては、見逃せないのではないのか」

「もとだからな」

「それだけで下手人を見逃すか。ひどいものだ」

丹波五郎左がわざと首を大きく左右に振った。

「人はその立場で変わるものだからの」

竹林一栄が肩をすくめた。

「……しかし、遅い」

曲淵甲斐守の行列が町奉行所へ戻ってくるのがいつくらいかというのを、筆頭与力だった竹林一栄はよく知っていた。

「そうなのか」

丹波五郎左が首をかしげた。

「もう八つを過ぎている。そろそろ帰ってこなければおかしい」

竹林一栄が真剣な顔をした。

「遅くなるとまずいのか」

「まずい。遅いと内与力《うちよりき》が様子を見に出てくる」

問うた丹波五郎左に竹林一栄が苦く頰《ほお》をゆがめた。

「先ほど貴殿が話したなかにいた若い内与力か」

「そうじゃ。あやつのおかげで儂は没落したようなものだ」

竹林一栄がうなずいた。

「出てきたならば、やってしまえばよいではないか」

あっさりと丹波五郎左が言った。

「……そうよな」

竹林一栄の目が光った。

北町奉行所内与力の城見亨《しろみとおる》は、主の帰還を町奉行役宅の玄関で待っていた。

「遅いな」

亨は困惑していた。

内与力は町奉行となった旗本の家臣のなかから選ばれる。筆頭与力よりも格上とされ、町奉行と町方役人の間を取りもった。

「たしかに、遅うござるな」

竹林一栄の後を受けて、筆頭与力となった左中居作吾《さなかいさくご》も同意した。

「お城でなにかござったのか」

規定の刻限よりも下城が遅くなる。これは凶事の報せでもあった。

幕府も百五十年以上続くとすべてが前例、慣例で動くようになる。前例や慣例に従っているかぎり失敗はないし、なにか苦情が出ても己のせいではないと言いわけできるからだ。

大名や役人が登城し、下城する刻限もまずずれないのは、この慣例に拠った。

それが崩れるとしたら、二つしかなかった。

一つは、大名や役人が城中で怪我《けが》や病気になった場合である。このときは、江戸城から状況を報せ、迎えを要求するお城坊主などが来る。

もう一つは、大名や役人がなにかしらをしでかして、目付に咎められた場合であった。城中の安寧を守り、礼儀礼法を徹底するのが役目の目付は、登城した大名や役人の一挙一動に目を光らせている。

「そなた、畳の縁を踏んだの」

「袴《はかま》の腰板がずれておる」

これくらいで咎めはしないが、しっかりと注意する。

些細《ささい》なことでも見逃さないのが目付であり、あるていどをこえると厳しい処断を下した。

「下城を停止する」

問題を起こした大名や役人を空き部屋に閉じこめ、家老あるいは用人を呼び出す。

こうなれば、無罪放免はなかった。

よくて謹慎、解任、悪ければ隠居、減封、ひどければ切腹、改易もあった。

「少し、見て参りまする」

外へ見に出たところで早く帰ってくるわけではないが、じっとしていられなくなった亨は、役宅の門を出た。

「……まだ見えぬ」

曲淵甲斐守になにかあれば、その家臣である亨も影響を受ける。亨が焦るのは当然であった。

「出てきた」

常盤橋御門から少し離れたところで佇《たたず》んでいた竹林一栄が亨を見つけた。

「どれ……あれか。若いの」

すぐに丹波五郎左も確認した。

「やってくれるか」

「約定じゃ。すでにもらった金は遣ってしまった。断るわけにはいかぬでの」

竹林一栄の願いに、丹波五郎左が首肯した。

「付いてこぬようにな。貴殿は顔を知られておる。見つかっては奇襲ができぬゆえ」

丹波五郎左が竹林一栄を制した。

「承知」

竹林一栄が顔を見られぬように後ろを向いた。

「…………」

丹波五郎左がゆっくりと亨へと近づいていった。

「……うん」

何度も首を巡らせていた亨が、丹波五郎左を見つけた。

「こんなところに浪人が……」

亨が違和を感じた。

浪人にとって町奉行所は天敵であった。いかに両刀を帯びていようとも、主君を持たない者は武士ではない。浪人は庶民であり、町奉行所の支配を受ける。

武士でございと威張り、代々の禄《ろく》を当然のものとして甘受してきた者が、浪人となっては生活ができなくなる。せいぜい、剣術が少し遣えるのと、読み書きができるくらいでは、次の仕事はない。

「先祖が関ケ原の戦いで兜首《かぶとくび》を三つ獲《と》り、四百石をいただいておりました」

家柄を誇ったところで、その先祖はすでに死んでいる。今の己がなにをできるかを問われる泰平の世に、先祖自慢はなんの価値もない。

結果、浪人は収入の道を得られず、蓄えを食い潰すだけになる。そして蓄えはいつか尽きる。そうなれば長屋にも住めず、食事も摂《と》れない。

「このまま死ぬくらいならば、思いきって」

飢えは人の本能を恐怖で支配する。未来への不安は人としての良心を麻痺させる。腰に帯びている刀を使って斬り取り強盗を働いたり、脅し、無銭飲食をする者が出てくるのも当然である。そうなれば、町奉行所の世話になる。

さらにかなり昔の話になるが、四代将軍家綱《いえつな》が大統を継いだとき、軍学者由井正《ゆいしょう》雪《せつ》が世に溢《あふ》れていた浪人を糾合して謀叛《むほん》を起こそうとした。由井正雪の仲間から訴人が出たおかげで、謀叛は事前に防がれたが、江戸を燃やし尽くし、その混乱に紛れて家綱を殺害するという計画は、幕府を震えあがらせた。

「浪人を増やさぬようにせねばならぬ」

幕府は大名の取り潰しを減らし、浪人の増大に歯止めをかけた。

「浪人を取り締まれ」

と同時に町奉行所へ浪人の摘発を厳命した。

「ちょっと来い」

「なにをしている」

それ以降、無為な浪人を見つけると町方役人は職権をもっての詰問をし、

「自身番へ来てもらおう」

わずかの瑕疵《かし》でも浪人を捕まえるようになった。

その町奉行所へ浪人が近づく。亨は丹波五郎左に注目した。

「気づくとは、思ったよりもやる」

丹波五郎左が口のなかで呟《つぶや》いた。

「……あと少し近づかねば、間合いが遠すぎる」

踏みこみの鋭さ、太刀の刃渡り、腕の振り出しなどで、必殺の間合いは変わってくる。丹波五郎左が亨との距離を目で計った。

「お帰りぃい」

そこへ曲淵甲斐守の行列が近づいてきた。

「おおっ」

先触れの声に亨が思わず、そちらに目をやった。

「よしっ」

丹波五郎左が太刀を抜きながら、亨へ向かって駆けた。

「……おわっ」

一瞬目を離した遅れが亨から太刀を合わせる余裕を奪った。亨は自ら身体を地に投げ出してかろうじて避けた。

「ううっ」

まともに肩を地面にぶつけた亨が痛みで唸《うな》った。

「どっちじゃ」

丹波五郎左が竹林一栄に亨に止《とど》めを刺すか、曲淵甲斐守を襲うかを訊いた。

「甲斐守を。そっちは儂が」

襲いかかった以上、顔を隠す意味はない。竹林一栄が叫んだ。

「わかったぞ」

うなずいた丹波五郎左が亨を捨てて、甲斐守の駕籠《かご》へと向かった。

「なんじゃ」

「どうなっておる」

曲淵家の家臣たちがうろたえた。

「どうした」

騒がしさに曲淵甲斐守が駕籠の扉を開けた。

「ろ、狼藉者《ろうぜきもの》でございまする」

駕籠の後ろに付いていた家臣が、すさまじい形相で近づいてくる丹波五郎左に怯《おび》えながら答えた。

「ちっ」

曲淵甲斐守が舌打ちをした。駕籠のなかにいては逃げられない。盾になるべき家臣たちも咄嗟《とっさ》のことで対応ができていなかった。

「恨みはないが、死んでもらう」

家臣たちを抜いた丹波五郎左が太刀を引きつけ、曲淵甲斐守を突き刺そうとした。

「……はっ」

曲淵甲斐守が駕籠の扉を閉めた。

「……なんの。ここであろう」

目標が見えなくては、確実な一撃は出せない。先ほどまでの位置から、丹波五郎左が曲淵甲斐守の身体があるだろうと思われる場所を狙って突いた。

「やったか……軽い」

駕籠の扉を貫いた太刀の手応えがないと丹波五郎左が感じた。

「こちらか」

一度太刀を抜いて、先ほどとは違う場所を突き刺す。

「ない……どこだ」

狭い駕籠のなかで逃げるところなどない。丹波五郎左が混乱した。

「殿」

曲淵甲斐守が襲撃を受けるのを見た亨が、痛みを忘れて立ちあがった。

「死ね、城見」

迫った竹林一栄が太刀を亨へぶつけようとした。

「うるさい」

主君の危機である。亨は竹林一栄を見ずに太刀を薙《な》いだ。

「……な、なんで」

町方与力として一通りの武芸は学んでいた竹林一栄だったが、実戦の経験はない。

初めて人を斬ろうとした緊張と恐怖で腕が縮み、足が出ず、振り落とした太刀は亨に届かなかった。対して、何度も真剣で戦った亨は伸びを求めた薙ぎを遣ったことで、切っ先が存分に竹林一栄の身体を割いた。

「なぜだ、なぜ手応えがない」

三度目の突きにも人を刺した感触がない。慌てた丹波五郎左が駕籠の扉を蹴《け》破《やぶ》った。

「おらぬ……あっ」

もぬけの殻となった駕籠に驚いた丹波五郎左の目に反対側の扉が開いているのが映った。

「こやつっ」

開いた扉の向こうで尻餅をついている曲淵甲斐守を丹波五郎左が睨《にら》みつけた。

「なにをしておる。そやつを討ち果たせ」

曲淵甲斐守が家臣たちを叱《しか》った。

「あっ、はい」

「わかりましてござる」

主君の怒声が家臣たちを落ち着かせた。

「くそっ」

駕籠の反対側に回るには棒が邪魔をして、大回りをしなければならなくなる。当然、駕籠かきの陸尺《ろくしゃく》たちも抵抗する。

「ならば……」

丹波五郎左が、駕籠のなかを潜《くぐ》り抜けようと上半身を突っこんだ。

「おいっ」

「おう」

陸尺が駕籠を前へ動かした。

「ちいい」

駕籠抜けできずに、丹波五郎左が体勢を戻した。

「ならばっ」

太刀をまだ地面に座ったままの曲淵甲斐守へ丹波五郎左が投げつけようと引いた。

「させるかっ」

亨が丹波五郎左へ体当たりをした。

「うおっ」

弾きとばされた丹波五郎左が転がった。

「捕らえよ」

曲淵甲斐守が命じた。

「おとなしくせい」

「抵抗するな」

家臣たちが丹波五郎左を押さえこもうとした。

「……あははは、これで甲斐守も終わりだ。く、廓内《くるわうち》で襲われるなど、目付が黙っておらぬわ」

血を流しながら倒れていた竹林一栄が快哉《かいさい》を叫んだ。

「竹林……きさまかっ」

曲淵甲斐守が竹林一栄を見た。

「……ざまあみろ」

そこまで言った竹林一栄が息絶えた。

「……まずいぞ」

曲淵甲斐守が顔色を変えた。

北町奉行所は常盤橋御門に近い。これだけの騒動になると常盤橋御門の番士たちが気づかないはずはない。

「なにごとであるか」

番士としては門内の椿事《ちんじ》を無視はできなかった。場合によっては、狼藉者を通過させたと責められることもあり得る。そうなれば番士頭は切腹しなければならなくなってしまう。なんとか原因は曲淵甲斐守にあり、門番士は関係ないとの証《あかし》を得ておきたい。

「狼藉者はどこじゃ」

せめて生きた証拠を確保しなくてはいけない。

番士たちが駆けつけようとしてきた。

「殺せ。口をきかせるな」

曲淵甲斐守が丹波五郎左の始末を命じた。

「……えっ」

丹波五郎左を取り押さえている家臣たちが戸惑った。

戦っている最中ならばまだしも、相手の抵抗が止んでから命を奪うというのはかなりきつい。頭にのぼっていた血が下がってしまえば、なかなか人を殺すことは難しい。

「急げ、余を死なせるつもりか」

町奉行がもとの配下であった竹林一栄に狙われたなど、大醜聞であった。それこそ曲淵甲斐守は目付の厳しい取り調べを受け、評定所で裁かれる羽目になる。捕縛して裁定を下す立場の町奉行は、他の役目よりも厳しい対応を迫られる。事情がいかようであったとしても、辞職しなければならなくなる。

「……………」

それでも家臣たちは決断できなかった。

「亨」

曲淵甲斐守が亨に指図した。

「はっ」

丹波五郎左と同じく転がった亨が目の前に落ちている丹波五郎左の太刀を摑んだ。

「やれるのか、おまえに」

若い亭を丹波五郎左が笑った。

「人を殺したこともないだろうが」

丹波五郎左は曲淵甲斐守に集中していたため、直接亭が竹林一栄を斬ったところを見ていなかった。

「……………」

嘲弄《ちょうろう》しようとした丹波五郎左に亭が無言で太刀を突き刺した。

「馬鹿な……ぐえっ」

「一人殺すも二人殺すも同じだ」

驚きで目を見開いた丹波五郎左に亭が冷たく宣した。

「よくやった」

曲淵甲斐守が称賛したところへ、門番士たちが来た。

「どういうことでございましょう、甲斐守さま」

職務上の問いであるため、膝を突かず立ったままで門番士が曲淵甲斐守に説明を求めた。

常盤橋御門は外様《とざま》小大名が二、三家合同で警固を担った。本来は藩主が詰めていなければならないが、最近は家老や番頭を代理として出すようになっていた。

「わけがわからぬ。いきなり襲いきたのでやむを得ず応戦した」

「この者どもに見覚えは、ございませぬか」

首を横に振った曲淵甲斐守に門番士が訊いた。

「浪人者など知らぬわ」

曲淵甲斐守が否定した。

「取り押さえたようにも見えましたが……生かしておき、尋問いたせばいろいろとわかりましたでしょうに」

亨の行動を見ていた門番士が咎めるような目をした。

「主君が襲われたのだぞ。それを家臣が見過ごせるわけなかろうが」

目を向けてきた門番士に亨が反論した。

「しかし、抵抗を止めた者まで殺さずとも……」

門番士が口止めではないかと非難するような口調になった。

「一度、主君を狙った者が、そのままあきらめるわけなかろうが。北町奉行を襲って、生き残ったところで首をはねられるは必定、とあれば押さえられた振りをして機を窺《うかが》っても不思議ではあるまい。もし、あやつを引き渡す際に乾坤一擲《けんこんいってき》の攻撃をされたとしたら……そのときの責任は貴殿に、ひいてはそちらのご領主さまにお取りいただくがよろしいのか」

なにかあったときは、そちらも巻きこむと亨は宣した。

「いや、それは……」

「余が襲われたのはたしかじゃが、こやつらの通行を許したのはそちらであるぞ」

口ごもった門番士に曲淵甲斐守が追い打ちをかけた。

「………」

門番士たちが黙った。

慣例として通行する者を一々検めないことになってはいるが、門番の仕事は胡乱な者を通さず止めることである。

曲淵甲斐守の言いぶんは、実際としてできはしないが、正論には違いなかった。

「常盤橋門番が職務を果たさなかったゆえ、余が襲われたと目付衆に届け出てもよいのだぞ」

「申しわけございませぬ」

目付の名前を出された門番士が頭を下げた。そうなれば己が腹を切ったていどではおさまらなくなる。累は主君にも及ぶ。

「では、もうよいな」

「お届けは……」

他にも目撃していた者はいる。なにもなかったことにはできなかった。

「余がしておく」

おずおずと尋ねた門番士に曲淵甲斐守が答えた。

三

町奉行所の与力、同心は罪人を扱うため不浄職として、同じ幕臣から嫌われていた。そのため町奉行所の与力、同心の結束は固く、婿入り嫁入りなどの通婚、養子縁組などの交流も組内でという傾向が強い。

いわば、八丁堀というくくりの親戚といえた。

「先ほどの……」

北町奉行所至近で起こった騒動だけに与力、同心で気づいた者は多く、夕刻前には南町奉行所へも伝わっていた。

「ふむ。お奉行さまのお耳にも入れておくべきだな」

情報というのは新しければ新しいほど価値が高い。他から聞こえてきた後に持ちこむと値段が下がり、要求されてから出すとなぜ早くに教えないと叱られる。

南町奉行所の与力は、迷うことなく曲淵甲斐守が襲われた一件について牧野大隅守へ報告した。

「北町奉行が、町奉行所の近くで浪人に襲われただと」

訊いた牧野大隅守が興奮した。

「甲斐守はどうであった。怪我をしたのか」

旗本は天下の武の象徴でなければならない。どのような状況でも太刀を抜き、応戦して相手を倒さなければならないのだ。討たれるなどは論外、傷を負うだけでも恥として、自ら進退を考えなければいけなかった。

「ご無事だそうでございまする」

問われた与力が答えた。

「……そうか」

残念そうに牧野大隅守が浮かせていた腰を落とした。

「まあよい。で、何者に襲われた」

「それが浪人者だったそうでございまする」

「浪人……浪人がなぜ町奉行を」

聞いた牧野大隅守が首をかしげた。

竹林一栄と丹波五郎左の死体は北町奉行所に運びこまれた。当然、北町奉行所一同は、一人が竹林一栄だと気づいていた。

しかし、北町奉行所に籍を置く者として、竹林一栄は恥でしかなかった。曲淵甲斐守を殺そうとして失敗し、事情を知らずに合力した同役たちが八丁堀から追放という処分を受けたのだ。ここでまた北町奉行所の筆頭与力だった竹林一栄が曲淵甲斐守を狙ったなどと世間に知れたら、皆終わりになる。曲淵甲斐守も町奉行の職を解かれるだろうが、このような事態を引き起こした八丁堀にも目付の手が入り、長年の悪癖である出入りと呼ばれる賄賂集めが表沙汰になってしまう。

「幕臣が庶民から金を受け取るなど論外である」

千石内外で生活の苦労などしたこともない旗本にしてみると、町方与力、同心のやっていることは、幕府の権威を汚す行為である。

「町方与力、同心どもを放逐し、あらたな人員を配置すべき」

監察だけで裁断はできない目付だが、その意見は評定所を左右する。

北町奉行所だけでなく、南町奉行所の与力、同心もまとめて浪人となるのだ。いかに親子兄弟、近い親戚であろうとも、竹林一栄の名前を出すわけにはいかなかった。

「調べよ。なぜ、浪人が甲斐守を襲ったのか、その理由をあきらかにせい」

なんとか傷を見つけたいと牧野大隅守が与力に厳命した。

一方、襲われた当人の曲淵甲斐守は、どうやってことをごまかすかで呻吟《しんぎん》していた。

「……これしかないの」

曲淵甲斐守が一人で納得した。

「誰ぞ、老中松平右京大夫さまに緊急の用件があり、お話をと願って参れ」

目上に会うには先触れが必須であった。いかに緊急を要するといったところで、こちらのつごうでしかなく、向こうにとって重要でなければ、推参は礼儀を欠いた行為と取られてしまう。

「はっ」

曲淵家の臣が出ていった。

「亨」

ずっと書院の片隅で控えていた亨を曲淵甲斐守が手招きした。

「はっ」

「よくしてのけた。褒めてつかわす」

応じた亨を曲淵甲斐守がもう一度手柄であると称賛した。

「後日、褒美を取らせる」

「かたじけなき仰せ」

報奨を約束した曲淵甲斐守に亨が頭《こうべ》を垂れた。

「しばし我慢をいたせ。しばらくは家中をいじるわけにはいかぬ。今、余の指図に従わなかった者を咎めれば、そやつらがなにをしでかすかわからぬのでな」

曲淵甲斐守が後日の理由を語った。

「主君の命に従わぬ家臣など不要じゃ」

静かに曲淵甲斐守は怒っていた。

「…………」

かばえば曲淵甲斐守の怒りがこちらに向かう。かといって同意や迎合は厳しい。

亨は黙った。

「ふん」

亨の反応がないことに曲淵甲斐守が鼻を鳴らした。

「そなたに任せたいことがある」

「なんなりとお申し付けくださいませ」

主命は絶対である。亨が手を突いた。

「雑穀問屋の赤城屋を探れ。余になにかしらの恨みがあるかどうかもな」

「わかりましてございまする」

曲淵甲斐守の言葉に亨が首肯した。

亨は奉行所を出る前に左中居作吾のもとへ寄った。

「赤城屋とはどこのどのようなお店でございましょう。雑穀を扱っていると」

「雑穀で赤城屋といえば、小川町の赤城屋丑右衛門《うしえもん》ではございませぬか」

訊いた亨に左中居作吾が答えた。

「江戸の雑穀を扱うお店《たな》では最大規模で、主の丑右衛門もなかなかのやり手だと評判のいい男」

左中居作吾が告げた。

「出入りはどちらで」

「少なくとも北町ではございませぬ」

出入りを統括するのは奉行所の実務を担う年番方《ねんばんかた》与力の仕事である。左中居作吾が違うと首を左右に振った。

「かたじけない」

礼を言って、亨は北町奉行所を出た。

「商家のことは商家に訊くべきだな」

左中居作吾の答えが上面のものでしかないと亨は落胆していた。もちろん、曲淵甲斐守に全面降伏した左中居作吾が今更亨を騙《だま》す気がないとはわかっている。ただ、見方がどうしても甘いと感じていた。

「商人を甘く見てはいけない」

大坂町奉行をしていた曲淵甲斐守に付いて大坂へ赴任していた亨は、商人の肚《はら》の底が知れないというのを身をもって覚えてきた。武士よりも金がえらい大坂と武士が何よりも尊い江戸での差が、左中居作吾の反応にも出ている。

亨は日本橋の播磨屋を目指した。

播磨屋は江戸でも名の知れた酒問屋である。灘《なだ》の酒蔵と太い付き合いを持ち、他の酒問屋では手に入りにくい銘酒を常備していることで名だたる大名家、豪商を得意先とする大店であった。

「御免を」

「これは城見さま」

酒問屋の暖簾《のれん》は短い。内からでも外はよく見える。声をかけるなり亨は番頭の出迎えを受けた。

「お嬢さまでございますか」

亨は播磨屋の当主伊右衛門の縁戚に当たる娘と婚約をかわしていた。

「主どのにお目にかかりたいが……」

気まずそうに言った亨に番頭が苦笑した。

「しばらくお見えではございませんでしたので、ご機嫌をとっていただきたいのでございますが」

「むっ」

亨が詰まった。

「主には申しておきますので。ころあいを見計らって声をかけるようにと」

番頭が亨を拝んだ。

「お願いする」

亨が番頭に念を押した。

「かならず。では、奥へどうぞ」

番頭が亨を案内した。

「お嬢さま、城見さまがおいででございます」

「えっ、ほんまなん。ちょっと待って。まだ襖開けたらあかんし」

声をかけられた西咲江《にしさきえ》が慌てた。

「なにをしているのだ」

襖の向こうでなにやら動いている気配がしていることに亨が首をかしげた。

「縫いものを学んでおられるのでございますよ」

「……縫いものを」

ほほえみを浮かべて述べる番頭に亨が首をかしげた。

「嫁にいったら、着物の一つも縫えないようでは恥を掻《か》くとご新造さまが」

「………」

番頭の話に亨が黙った。

咲江の嫁入り先は亨のもとになる。嫁入りの話が現実味を帯びてきたことに亨が頬を赤くした。

「どうぞ、お入り願って」

ようやく許しが出た。

「後はお願いをいたします」

「主どのを急いでくれ」

さっさと引きあげようとする番頭に亨は念を押した。

「承知いたしておりまする」

深く頭を下げて番頭が離れていった。

「……よろしいか」

一度大きく息を吸って、亨が襖を開けた。

「ようこそ、お出でくださいました」

部屋の下座で咲江が腰を折った。

「不意にお邪魔をして、申しわけなかった」

「とんでもございませぬ。城見さまならばいつなりともお出でくださいませ」

咲江がていねいに応対した。

「どうかなさったのか」

日頃のおてんば振りを消した咲江に亨が怪訝《けげん》な顔をした。

「武家の妻たるもの、いつまでも軽薄であってはならぬと思い至りまして」

咲江が真面目な顔で答えた。

「…………」

亨は戸惑った。

咲江は大坂西町奉行所諸色方同心西二之介《にのすけ》の娘である。大坂西町奉行所で内与力にあたる取次という役目をしていた亨に好意を抱き、江戸まで追いかけてきた。母方が大坂の豪商だというのもあり、かなり奔放な性格をしている。その咲江がおとなしく武家の娘らしい態度をしているのは、亨にとって驚きであった。

「似合わへん」

不安そうに咲江が訊いた。

「いや、似合っていないわけではないが……いつもと違いすぎて」

亨が思ったままの感想を言った。

「いつものほうがええのん。でも、それやったら城見はんが恥掻くやろ」

咲江がうつむいた。

大坂と違って、江戸では男女の区別もはっきりしている。それこそ、女は三歩下がって夫の後を付いてくるというのが当たり前であり、肩を並べて物見遊山に出かける大坂のつもりでいると周囲から冷たい目で見られた。

「恥ではない」

亨が否定した。

最初は困惑であった。武家の男女は七歳にして席を同じくしないというしつけを受けてきた亨にとって、辻《つじ》なかでも平気で肩を触れあわせるくらい近づく咲江はまさに珍獣であった。それが江戸まで後を追ってきた。かつての付き合いからも無下にはできず、どうしたらいいか悩んでいる間に、咲江は外堀を埋めて亨との距離を縮め、とうとう曲淵甲斐守から婚姻の許可まで取った。

「咲江どのが生まれてきてから今まで重ねてきたものを捨てるのはいかがであろうか」

「……うん」

亨の言葉に咲江が顔をあげた。

「気にせんでもええんや」

咲江が喜んだ。

「拙者もそちらのほうがよいな。家に帰ってまで固いのは疲れる」

亨も笑った。

「おや、まだ早すぎましたか」

婚約はしているとはいえ、まだ婚儀はすませていない男女が二人きりになるというのは褒められたことではない。そこで二人は襖を開けたままで会話をしていた。

とはいえ若い男女でしかも互いに憎く思っていない相手となれば、夢中になる。

「大叔父はん」

「播磨屋どの」

不意に声をかけられた二人が驚いた。

「もう少し後で来ましょうか」

「勘弁していただきたい」

笑いながらからかう播磨屋伊右衛門に亨が降参した。

「いやいや、仲がよいのはなによりで」

「かなんなあ」

咲江が袖で顔を隠した。

「さて、城見さま。よろしければあちらで」

「お願いする」

咲江の前でできる話ではないだろうと誘った播磨屋伊右衛門に亨がうなずいた。

「どうぞ、ご遠慮なく」

咲江が亨を見送った。

「やっと成長いたしましたな」

歩きながら播磨屋伊右衛門がうれしそうに言った。

「咲江どのでございますか」

「はい。あれが愚図らずに城見さまを送り出した。最初のころからは思いもよりません。やっとあの娘も歳頃《としごろ》になってくれました。これも城見さまのおかげでございます」

播磨屋伊右衛門が城見に一礼した。

「いや、こちらこそ咲江どのに助けてもらってばかりである」

亨は咲江の行動力、胆力に感心していた。二十歳前の娘が、斬り殺された死体を前にして気を失うでもなく、取り乱すでもなく、落ち着いてこちらの指示に従ってくれる。それに亨は何度も救われていた。

「そう言っていただけると助かりまする」

播磨屋伊右衛門がやさしい顔をした。

「さて、お話を伺わせていただきましょう」

自室へ亨を同行した播磨屋伊右衛門が促した。

「教えてくだされ、赤城屋丑右衛門という者をご存じでござらぬか」

亨が尋ねた。

「赤城屋丑右衛門さんでございますか……なんどかお目にかかったことがございますな」

播磨屋伊右衛門がうなずいた。

「どのようなところでお会いに」

「招かれたのでございますよ。わたくしどもが取り扱っております灘の酒を分けて欲しいとお求めで、なんと吉原にお連れくださいました」

吉原は公認の遊郭であるが、別段遊女と床を共にしなくてもよかった。飲食だけで帰る客も多かった。

「吉原へ。かなりの散財でござるな」

女を抱かなくとも吉原は金がかかった。

「無駄金でございますよ。あんな酒、うちじゃ売りものにならないと捨ててますし、料理も家で食べたほうがまし」

播磨屋伊右衛門が嫌そうな顔をした。

「まあ、あそこは飲み食いが目的ではないので、そのあたりはいたしかたございますまい」

「吉原に文句を言っているわけではございません。そんなところに客を招く。本心から商いをしたいと思っていないか、吉原に呼んでおけば満足するはずだと思いこんでいる世間知らずか……」

「あまり賢い男ではないと」

「はい」

亨の推測を播磨屋伊右衛門が認めた。

「賢くないというより、権威に弱いのでしょうな。吉原にさえ連れて行っておけば、文句は出ない。いや、感動して言うことを聞くと思いこんでいる」

「おりましたな、その手の者は。竹林が牛耳っていたころの町奉行所もそうでございました。経験のない内与力などは黙って我らに従っておればよいという輩が」

播磨屋伊右衛門の感想に亨も苦笑した。

「赤城屋自体はかなり代を重ねた老舗のはずでございます。大名家への出入りも多く、とくに信州、上野《こうずけ》、下野《しもつけ》あたりでは相当な顔だとも聞きまする」

「ふむう。そこまで潰れずに来たということは代々の当主はできた者ばかりであった」

「おそらくは」

「当代の丑右衛門が問題か」

亨が思案した。

「結局、お取引をお断りいたしましたので、それ以上のことはわかりませぬ」

播磨屋伊右衛門が首を横に振った。

「いや、助かりもうした」

亨が礼を述べた。

「お伺いしてもよろしゅうございますか」

「はい」

確認した播磨屋伊右衛門に亨が首を縦に振った。

「どうして赤城屋丑右衛門のことを調べておられるのでございましょうか」

「本日……」

亨が事情を語った。

「なるほど、赤城屋がご老中さまに刺客のことを……」

播磨屋伊右衛門が苦い顔をした。

「これはやはり」

「はい。志村さまのことでございましょう」

亨の懸念を播磨屋伊右衛門が肯定した。

播磨屋伊右衛門の用心棒である志村は、かつて血鞘《ちさや》と呼ばれた腕利きの刺客であった。刺客のむなしさと闇の仲間の裏切りなどに嫌気が差し、志村は裏から表へと戻り、狙われている咲江を守るための用心棒を募集していた播磨屋に雇われた。それは大いに当たり、曲淵甲斐守を脅迫するための道具として咲江を誘拐しようとした竹林一栄らの陰謀を砕くことができた。

志村と亨はそのときの戦いで、互いのことを認め合う仲となっていた。

「もう少し評判を集めてみましょうか」

「お願いできればありがたい」

播磨屋伊右衛門の厚意を亨は素直に受けた。

「お任せをくださいませ」

好ましそうに播磨屋伊右衛門が亨を見た。

牧野大隅守にしてみれば、曲淵甲斐守は後輩でありながら、先達を敬わない鼻持ちならない相手であった。

その曲淵甲斐守に分を教えこもうとして、江戸城内で不要な発言をおこない、同席していた寺社奉行たちに叱責を受けた。そのなかには牧野大隅守の一門にあたる牧野備中守《びっちゅうのかみ》もおり、大恥を掻く羽目になった。

「おのれ……」

西の丸小姓《こしょう》を皮切りに、使い番、目付、小普請奉行、勘定奉行と順当に要職を歴任、ついに町奉行にまで至った。まさにできる旗本の典型であり、幕府での評価も高い。

その牧野大隅守が満座のなかでやりこめられた。

「曲淵甲斐守には及ばぬようじゃの」

結果、城中での評判は一気に下落している。

牧野大隅守が憤るのも当然であった。

「どちらが役に立つかを、格の違いを見せつけてやる」

呟いた牧野大隅守が思案に入った。

「曲淵甲斐守よりも余のほうが、町奉行として優れているのはまちがいない。あちらは新任で余はすでに一年からの経験がある」

牧野大隅守が己の利を口にした。

「それなのに劣っていると思われているのはなぜだ。いや、曲淵甲斐守が余よりも上回っているものはなんだ」

しばらく牧野大隅守が考えた。

「内与力の差か」

牧野大隅守が思いあたった。

「寺社奉行と門前町の配分でもめたときも、曲淵甲斐守の内与力が動いたという」

本家筋の牧野備中守が寺社奉行をしている関係で、北町奉行所が富くじの利権に手出しをしたことを牧野大隅守は知っていた。

「陰蔵の一件では、中心となって活躍したとも聞いた」

牧野大隅守が唸った。

「どのようなやつじゃ。わからぬ」

会ったこともない、しかも内与力という曲淵甲斐守の家臣のことなどわかるはずもなかった。

「白川《しらかわ》はおるか」

牧野大隅守が用人を呼んだ。

「なんでございましょう」

用人の白川が顔を出した。

日ごろ屋敷のことをするため用人は、町奉行所役宅まで来ることはないが、家政の相談をするために牧野大隅守と打ち合わせをしなければならないときはある。

この日、白川は町奉行所役宅にいた。

「そなた、曲淵甲斐守の内与力を知っておるか」

「甲斐守さまの……何人かおられますが、どの内与力どののことでございましょう」

白川が首をかしげた。

「陰蔵にかかわった者だ」

「……陰蔵となりますと……」

江戸の闇、その一角を占めた陰蔵の一味が北町奉行所によって壊滅させられたことは、江戸の噂を独占している。

世事に長《た》けていなければ務まらない用人ともなれば、こういった巷《ちまた》の評判にも通じていなければならなかった。

「もっとも若い内与力と言われている者かと」

「若い者にこれだけの働きができるのか」

聞いた牧野大隅守が驚愕した。

「もちろん、その内与力だけの手柄とは申せませぬ。あの若い内与力には後ろ盾がついておるとか」

「後ろ盾……」

牧野大隅守が怪訝そうに首をひねった。

「はい。陰蔵に狙われたのは日本橋の播磨屋だそうで、その播磨屋の遠縁の娘と内与力の若者が婚姻を約しているらしく。その手助けがあったおかげで手柄を立てられたと噂ではございますが、聞きました」

「播磨屋……あの日本橋の酒問屋のか」

「はい」

念を押した牧野大隅守に白川が首肯した。

「なるほどの。それでわかったわ。長く大坂町奉行として、江戸を離れていた曲淵甲斐守が、粗相をすることなく町奉行の任を果たせている理由がの」

牧野大隅守が納得した。

「播磨屋といえば、江戸でも知れた名店じゃ。その播磨屋が率先して北町奉行を守りたてるとなれば……」

牧野大隅守が目を剝《む》いた。

「邪魔だな」

「はあ……」

呟くような牧野大隅守に、白川が啞然《あぜん》とした。

「播磨屋が邪魔だと申した」

「…………」

もう一度言った牧野大隅守が白川を見た。

「江戸を仕切るほどの豪商となれば、他人の嫉妬《しっと》も恨みも買っておろう」

「それは……」

主君の意図を察した白川が顔色を変えた。

「任せる」

「わたくしがでございまするか」

あっさりと告げた牧野大隅守に白川が驚愕《きょうがく》した。

「そなたならば、金で邪魔な者をどうにかしてくれる輩《やから》にも伝手《つて》があろう」

刺客とはあえて言わず、牧野大隅守が白川へ尋ねた。

「そのような者どもとの付き合いは……」

「直接知らずとも、誰か知っている者を存じておろう。まあ、そのあたりも任せた」

「殿……」

「もうよいぞ」

一方的に命じて牧野大隅守が手を振った。

「…………」

主命には抗えない。黙って白川が牧野大隅守の前から下がった。

第二章　謀略の岐路

一

　老中は基本、昼の八つ過ぎには下城する。といったところでその日の仕事を終えたわけではなく、幕府最高職である老中が帰邸してやらねば、それ以下の者は帰りにくいという気遣いからであり、屋敷に戻ってからも執務はある。

　いや、御用部屋で協議などもあることを思えば、帰ってからこそが本番と言うべきであった。

「曲淵甲斐守が目通りを願っておるだと」

　西の丸下に与えられている上屋敷で執務をこなしていた老中松平右京大夫が怪訝な顔をした。

「半日やそこらでどうこうできる案件ではないはずじゃが……」

松平右京大夫が首をかしげた。

「忙しいが、放ってもおけぬな。通せ」

今日、新しい任を命じたのは己である。松平右京大夫が家臣に曲淵甲斐守を通せと指図した。

「お忙しいところ、申しわけございませぬ」

すぐに曲淵甲斐守が執務室へ来た。

「よい。くだらぬ挨拶などせず、用件を申せ」

ときが惜しいと松平右京大夫が急《せ》かした。

「はっ。さきほど北町奉行所へ戻る途中、襲撃を受けましてございまする」

「なんだとっ」

書付を見ながら話を聞いていた松平右京大夫が驚愕した。

「浪人者二人が、わたくしの駕籠を狙い、常盤橋御門のなかに潜んでおりました。見た目も普通であり、槍などの武具もなく、浪人者によるお城見物のようでございました」

さりげなく曲淵甲斐守が、常盤橋御門を警固していた番士たちをかばった。

「どういうことじゃ」

松平右京大夫が詳細の報告を求めた。

「……といった経緯でございまする」

「そうか」

もう一度、襲撃があった時点からのことを細かく告げた曲淵甲斐守に、松平右京大夫がため息を吐いた。

「返す返すも無念であるな。浪人どもを生かして捕らえられなかったのは」

「申しわけございませぬ」

「いや、詫《わ》びは不要じゃ。主君を狙われた家臣が決死になるのは当然である。浪人を捕らえようとして、主君に傷でも負わせたら、本末転倒である」

詫びた曲淵甲斐守に松平右京大夫が首を横に振った。

「それにしても、上様のお城のなかまで入りこんでくるとは、刺客どもの思いあがりも甚だしい」

松平右京大夫が憤った。

「はい」

曲淵甲斐守が同意した。

上役が話をしているときは、同意の相づちだけにすべきであり、割って入るなど論外である。言いたいことがあるならば、上役が意見を出し尽くしたあとにすべきであった。

「それにしてもじゃ」

刺客をひとしきり罵《ののし》った松平右京大夫が曲淵甲斐守へ顔を向けた。

「余がそなたに刺客の取締を命じたのは、昼八つであったな」

「さようでございまする」

確認した松平右京大夫に曲淵甲斐守が首肯した。

「一刻たらずで対応してくるとは、考えられぬ」

「ご老中さまがわたくしへお命じになられるより前に、用意をいたしておったのではございませぬか」

「余が本日、町奉行に刺客のことを命じると知られていたと申すか。それは当家に刺客と通じている者が……」

曲淵甲斐守の言葉に松平右京大夫が眉間《みけん》にしわを寄せた。

「とんでもございませぬ。ご老中さまのご家中方は、皆さま忠義に溢れておられまする」

そう取られることはわかっていた。曲淵甲斐守が急いで否定した。

「では、誰が漏らしたのだ」

「失礼ながら、ご老中さまに刺客のことをお報せに赤城屋が参ったのは、いつでございましょう」

「赤城屋ならば、三日前じゃな」

問われた松平右京大夫が思い出した。

「……赤城屋か」

「お出入りの商人が、ご老中さまを裏切るとは思えませぬ。おそらくは赤城屋が見張られていたのでは」

気づくように誘導した曲淵甲斐守が松平右京大夫の気分を害さないように付け加えた。

「なるほどな。刺客業のことを知った赤城屋がどうするかを見張っていたところ、余のもとへ来た。それで刺客の者どもが準備をしていた……か」

曲淵甲斐守の説に松平右京大夫が納得しかけた。

「だが、そうだとしても今日という理由がわからぬ。それに北町奉行のそなたを狙った根拠がない。南町奉行はどうなった」

しっかりと松平右京大夫は曲淵甲斐守の説にある穴を見抜いていた。

「ご家中の方ではなく、本日ご老中さまがわたくしをお召しになったことを知っている者……」

「城中か」

松平右京大夫が声をあげた。

「町奉行として申しあげさせていただきまする」

曲淵甲斐守が声を潜めた。

「人を殺して金をもらう。それも庶民だけではなく、大名や御上出入りの商家にも手を出す。それだけのことができるのは……」

「幕府のなかに刺客どもと通じている者がおると」

曲淵甲斐守が濁した結果を松平右京大夫が口にした。

「通じているといえば、大事になりまする。相手が刺客だとは知らずに付き合っているということもございましょう」

「そうであるな。相手が刺客だとわかりながら、付き合っているようならば論外じゃ」

松平右京大夫が同意した。

「はばかりながら、商人どものなかにはご老中さまが誰とお会いになられるかを知りたがる者がおりまする」

「らしいの」

苦い顔で松平右京大夫が認めた。

「ご老中さまが作事奉行とお会いになれば、近いうちに普請がある。ご老中さまが若年寄のどなたかを黒書院溜《くろしょいんたまり》にお呼びになれば、大坂城代か京都所司代の異動がある」

黒書院溜は御用部屋から近い小部屋で、三方を庭に囲まれていることから盗み聞きされにくい密談の場として使用されていた。

「ご老中さまが勘定奉行を召されれば、新たな運上が……」

例をあげ続ける曲淵甲斐守を松平右京大夫が制した。

「商人に飼われている者は多い」

「……遺憾《いかん》ながら」

嘆く松平右京大夫に曲淵甲斐守が同じ思いだと告げた。

「無理もない。今の大名、旗本には金がない。かくいう当家もかなりの借財を持っておる。老中拝命でかなり減ったがな」

松平右京大夫は十代家治《いえはる》のもとで順調に出世を重ね、京都所司代のとき尊皇を声高に言い、朝幕の関係を揺るがした神道家竹内敬持《たけのうちたかもつ》の一件を裁いた手柄で老中に出世した。長崎奉行などのように利の多いものを除いて、江戸と国元、さらに任地の三重生活になる遠国勤務は金がかかった。

「金が要《い》ることは重々理解しておるが……闇の金はよろしくない」

「ですが……」

「わかっている。どれが表で、どれが闇かわからぬと申すのだろう」

「はい」

苦い顔をした松平右京大夫に曲淵甲斐守がうなずいた。

「金をもらうなと命じたところで……」

「なくなりませぬ。いえ、かえって見えぬところに沈みますゆえ、より面倒なことになりましょう」

曲淵甲斐守が首を左右に振った。

幕府は挨拶という名目で金を遣《や》り取りするのを禁じてはいなかった。率先しているわけではないが、老中でさえお手伝い普請を避けたい外様大名、出世したい譜代大名や旗本から挨拶だとして金を受け取っているのだ。今更、金を受け取るなとは言えなかった。

「お城坊主もおる」

城中の雑用係であるお城坊主は侍身分でさえなく、封禄も二十俵そこそこと低い。金でももらわなければ、生きていけない。だからといってお城坊主を廃止することはできなかった。

江戸城に入れば家臣でしかない大名、旗本も屋敷に帰れば、殿さまなのだ。それこそ縦のものを横にさえしない。いや、己の尻も拭かない、小便のために己の逸物《いちもつ》を出すことさえできない、家臣がいなければ茶も淹《い》れられない連中が江戸城には山ほどいる。

こういった連中の面倒をお城坊主が見ている。お城坊主をなくそうものならば、明日から江戸城は糞尿に塗《まみ》れることになりかねなかった。

「こちらのほうから手繰るのは難しゅうございますな」

無理だとは言わない。無能だと思われては、出世に響く。曲淵甲斐守が肩を落としてみせた。

「だな。となれば、赤城屋だの。呼び出すか」

どこから刺客の話を聞いた、誰が言っていた、あるいは誰にこの話をした、など赤城屋丑右衛門に問うことはいくつもあった。

「いえ、それはお待ちを。もし、刺客どもが赤城屋を見張っておりましたら、お呼び出しを受けた段階で口を封じられるやも知れませぬ」

松平右京大夫の案を曲淵甲斐守が止めた。

「たしかにそうじゃ。では、どういたす」

「ひそかに赤城屋を探ってみようかと考えておりまする」

訊いた松平右京大夫に曲淵甲斐守が応じた。

「ふむ。詮議は町奉行の得意とするところであるな。よろしかろう。赤城屋のこともそなたに任せる」

「かたじけのうございまする」

認めてもらった曲淵甲斐守が腰を折った。

「今後、この一件へのご報告は、右京大夫さまだけにいたしまする」

出入りの商人が闇と繋《つな》がっていると表沙汰になれば、老中の面目にかかわってくる。場合によっては辞任しなければならなくなった。

そのことを曲淵甲斐守は気遣った。

「そういたせ」

曲淵甲斐守の申し出を松平右京大夫が受けた。

「それにしても南町奉行牧野大隅守どのは運がない。いつもよりも早く下城したおかげで、わたくしにこの栄誉ある仕事が……」

「いつもより早く……」

老中から直接指図を受けるのは栄誉であると喜んだ曲淵甲斐守の一言に松平右京

大夫が引っかかった。

「では、わたくしはこれにて」

考えに入った松平右京大夫を残して、曲淵甲斐守が退出した。

「……うまくいった」

竹林一栄のことをごまかしきったうえに、牧野大隅守への不審を松平右京大夫に植え付けられた曲淵甲斐守がほくそ笑んだ。

二

播磨屋伊右衛門は亨一人では行かせなかった。

「志村さま、城見さまとご一緒にお食事でも」

小粒金をいくつか握らせた播磨屋伊右衛門が、志村を亨の警固に付けた。

「遠慮なく」

「使いきってくるぞ」

播磨屋伊右衛門の心遣いを亨と志村はすなおに受け取った。

「……今度はなんに巻きこまれた」

歩き出した志村が訊いた。

「前回の続きのようなものよ」

命を預け合った相手である。亨は隠さずに語った。

「……ほう。それは臭うな」

聞き終わった志村が口の端を吊り上げた。

「ああ。赤城屋が怪しかろう」

「十二分だな」

志村が同意した。

「それにしても竹林であったか、もと与力が命を捨ててくるとは考えてもおらなんだわ。町方役人など他人を遣うばかりだと思っておった」

「行きづまったのであろうな」

感心する志村に亨が応じた。

「そんな気概があるならば、投げやりになどならず、別の道を模索すればよかったものを」

「他人に頭を下げたことがないからであろう」

町奉行所の与力ともなれば、名だたる豪商でも遠慮する。それに慣れてしまうために、町方役人は傲慢《ごうまん》であった。

「これで駄目なら死ぬ。その覚悟で取り組めば、いくらでも道は開けるものだがな」

自らが刺客から足を洗った経験を持つ。志村の言葉は重かった。

「それがわからぬから、人なのかも知れぬ。皆がそうなれば、町奉行は不要になる」

亨も嘆息した。

「小川町に着いたが、赤城屋はどこだ」

二人で話をしていると、ときはあっという間に過ぎる。

目的地に近づいた亨が辺りを見回した。

「大店だというではないか。間口の広い店を探せば……あった」

志村が見つけた。

「どこだ」

「あそこだ。あの赤富士の看板がそうだろう」

尋ねた亨に志村が指さした。

「ああ、あれか」

亨がうなずいた。

「近づく前に、周囲を見てくれぬか」

「任せろ」

亨の依頼に、志村が足を止めた。

「……おかしな奴はいないな」

しばらくして志村が大丈夫だと告げた。

「よくわかるな」

「簡単なことよ。赤城屋を見張っているならば、まず動かない。じっと佇んでいる者を探し、あとはその顔がどこへ向いているかを見ればいい。じっと赤城屋を見つめているなら当然、たまにでも目をやるようならば、そやつも怪しい」

感嘆している亨に志村が解説した。

「あとは、出入りをしている者に注目すればいい」

「店屋だと、人の出入りは激しかろう」

区別が付かぬと亨は首を横に振った。

「着物で記憶するのが簡単だ。柄を漠然とでよいので覚えておけば、先ほど見たなと気づく。そうしたら、その者を注視すればいい。どれだけはやっている店でも、同じ客が何度も出入りするはずはないからな」

「なるほど」

亨は志村のやり方を理に適《かな》っていると納得した。

「もちろん、それをわかったうえでごまかす奴もいるがの。こちらが予想しているよりも遠くから見張っていたり、近隣の家屋のなかからそっと見ていたり、出入りするたびに衣装を替えたりしての」

「それは……」

「わからぬな。まず」

亨の問いかけに志村が肩をすくめた。

「もしそうだったらどうすればいい」

「あきらめることだ。世のなか、己よりもできる者など掃いて捨てるほどいる」

対処法を尋ねた亨に志村があっさりと否定した。

「主持ちとしては、そう簡単にあきらめられぬのだが……」

武士は主君のために生きている。極端な言いかたをすれば、主君の許しなく死ぬことはできなかった。

「将軍さまでもお大名でも死ぬときは死ぬ。それだけは庶民と同じだ」

志村がじっと亨を見つめた。

「命などいつ失ってもおかしくはない。死にたくないと命乞いをしたところで……無駄ぞ」

「……………」

感情のない目で言う志村に、亨は絶句した。

「さて、どうする」

不意に志村が雰囲気をもとに戻した。

「勘弁してくれ」

亨が長く息を吐いた。

「これも修業だ。死にたくなければ考えろ」

「考えろ……か」

言われた亨が赤城屋へ目を移した。

「いきなり刺客業の話をご老中さまにしたようだが、どこから聞いたと尋問するわけにもいかんしな」

亨が悩んだ。

「それも一つの手だと思うがの。それで相手が素直に教えてくれればよし。ごまかしたならば、それなりの反応をするだろう」

志村も赤城屋を見た。

「それに甲斐守さまが刺客の一件を担当なさるというのは、すでに知られているはずだ」

「いくらなんでも、それは早すぎよう」

続けて口にした志村に亨が驚いた。

「甘いぞ、城見。さきほどおぬしが言ったではないか。竹林と浪人の襲撃を刺客の仕業にすると。そしてそのことを告げに甲斐守さまがご老中さまのもとへ行かれるともな」

「ご老中さまがお広めになられると」

「甲斐守さまかも知れぬぞ」

亨の発言に志村が笑った。

「むうう」

「家臣としてはそれでよいのだろうが、生きていくには甘すぎるぞ」

唸った亨に志村が真剣な表情で助言をした。

「………………」

「はあ、主君を疑うのではなく、策を巡らされていると考えてみろ」

「おおっ」

嘆息しながら述べた志村に亨が気を取り直した。

「殿の策ならば、それに従うのも家臣の務めであるな」

「そうだな」

「では、赤城屋へ行って参る」

「吾《われ》は外の様子を見張っていよう」

「頼む」

申し出てくれた志村へ手をあげて亨が赤城屋へと向かった。

「あれでは、とてもお嬢を御せまい。尻に敷かれるのは目に見えている。まあ、あいった気性だからどうにかしてやりたくなるのだがな」

小さく志村が首を左右に振った。

赤城屋は雑穀を取り扱う。白米を食べることが一種の矜持《きょうじ》になっている江戸では、貧しい庶民でも雑穀は買わない。赤城屋に出入りしているのは、蕎麦屋や菓子屋など雑穀を調理して商品にする者たちか、馬や鷹、鶯《うぐいす》などを飼っている屋敷の奉公人かであった。

「先日の粟は殿のご愛馬のお気に召した。あれと同じものはあるか」

尻端折《しりはしょ》りをした軽輩らしい武士が赤城屋の奉公人を相手に要求していた。

「ありがとう存じまする。ですが、あの粟はご好評をいただきまして、すでに売り切れてしまいまして」

奉公人が申しわけなさそうにした。

「なに、それは困る。殿は遠乗りをお好みであり、ご愛馬の調子をいたく気になされる。ご愛馬の食いが悪く、痩《や》せでもしては拙者の責任になる。なんとかいたせ」

軽輩の武士が奉公人に対応を求めた。

「幸い、あの粟よりも質のよいものが、昨日入りまして」

「ならば、問題ない。それを出せ」

もみ手をする奉公人に軽輩の武士が命じた。

「それでございまするが、なにぶん前のものより質がよく、いささか値が……」

「高いと申すか。いかほど違う」

値段に差があると言われた軽輩の武士が気にした。

「先日のものより、一俵あたり五百ほど……」

「五百か……」

軽輩の武士が悩んだ。

「……品はまちがいないのだな」

「もちろんでございまする。武藤《むとう》さまとは長いお付き合いでございますれば、下手なものをお納めはいたしませぬ」

確認した軽輩の武士に奉公人が保証した。

「ならば十俵、届けよ」

「明日には」

「うむ。頼んだぞ」

満足して軽輩の武士が帰っていった。

「付き合いの長い得意客、それも武家とあれば、おかしな商いをしているわけではないな。多少、侮ってはおるようだが」

金の世となり、かなり武士の値打ちは下がった。とはいえ、幕府が天下を治めているかぎり、武士が商人よりも上になる。もし、暴利をむさぼっているとか、悪い品を偽って売りつけたなどとわかれば、あっさりと店は潰される。

「ご老中さまのお屋敷にも出入りできているようであるし」

老中は権力を持っているが、容易にそれをひけらかさない。ましてや出入りの店がみょうなことをしたのをかばうなどはあり得なかった。そのようなまねをすれば、すぐに目付が出てきてしまう。目付は老中でも監察できるうえ、直接将軍へ言上する権を持っている。それこそ将軍家治の寵愛《ちょうあい》を一身に集める田沼意次《たぬまおきつぐ》でもなければ、対抗できなかった。

「最後の笑いは余分だがな」

軽輩の武士を送り出した後、奉公人が口をゆがめたのを亨はしっかりと見ていた。

「商いの裏を知りつくした大坂なら、潰れている。そのていどということか」

赤城屋の状況を把握した亨は、暖簾を潜った。

「おいでなさいませ。今日はなにをお求めでございましょう……初めてのお客さまで」

習慣となっているあいさつをした奉公人が、見覚えがないことに気づいた。

「客ではない。北町奉行所与力の城見という。主はおるか」

役人らしく亨は威丈高な口調で言った。

「町方の与力さま。失礼をいたしましてございまする。すぐに主を呼んで参ります」

与力の身分は重い。奉公人が慌てて奥へ引っこんだ。

「……お待たせをいたしました。当家の主赤城屋丑右衛門でございまする」

壮年の恰幅《かっぷく》のいい商人が小腰を屈《かが》めた。

「北町奉行所与力の城見である。少し訊きたいことがあって参った」

「なんでございましょう」

亨の言葉に赤城屋丑右衛門が首をかしげた。

「ここで話してもよいのか。あのことだぞ」

「……奥へどうぞ」

匂わせた亨に赤城屋丑右衛門が顔色を変えた。

「こちらで」

赤城屋丑右衛門が客間へ亨を通した。

「うむ。では、早速だが、そなた松平右京大夫さまのもとへ出入りをいたしておるな」

「はい。四代前からお出入りを許していただいておりまする」

亨の質問に赤城屋丑右衛門が認めた。

「ここまで言えばわかるな」

「北町奉行さまがお引き受けになられたのでございますな」

「ああ」

これまで刺客という言葉はともに出していない。

「どこで知った」

「巷の噂でございまする」

問われた赤城屋丑右衛門がごまかした。

「ほう、巷の噂などという曖昧なものをご老中さまのお耳に入れたのか」

わざと亨が驚いてみせた。

「世上の噂などをご老中さまはお好みになられますので、ときどきいろいろなお話をさせていただいておりまする」

いつものことだと赤城屋丑右衛門が嘯《うそぶ》いた。

「なるほど、では、根も葉もないことであるな」

「火のない所に煙は立たないと申しまする」

釘《くぎ》を刺そうとした亨に赤城屋丑右衛門が対抗した。

「そうか。では、そのようにご報告いたそう。巷の噂では調べようがございませぬとな」

「ご随意に」

赤城屋丑右衛門が好きにすればいいと応じた。

「ところで、赤城屋。町奉行にご老中さまが調査を命じられたのだ。それがただの噂だとわかれば、どうなると思う」

「はて」

わからないと赤城屋丑右衛門が戸惑った。

「お奉行さまが役立たずだと恥を掻くのだ」

「それはたいへんでございますな」

他人事《ひとごと》だと赤城屋丑右衛門が口だけで気遣った。

「そうなればだ、北町奉行所はどうすると思う。要らぬことをご老中さまのお耳に入れた者を放っておくかの」

「…………」

亨の脅しに赤城屋丑右衛門が黙った。

「よかったな、赤城屋。明日から盗賊の心配をせずともすむぞ」

亨が笑った。

「ど、どういうことでございましょう」

赤城屋丑右衛門が恐る恐る尋ねた。

「北町奉行所の誰かしらが、ずっと赤城屋を見張ってくれるのだ」

「…………」

「それだけではないぞ」

啞然としている赤城屋丑右衛門に亨が笑いかけた。

「店に出入りする者すべてを調べてもやろう。怪しい奴が客を装っていたり、商いではなくゆすりたかりをしに来た無頼かも知れぬからの」

「そ、それは……」

赤城屋丑右衛門が亨の意図を理解した。

「ああ、気にしなくてよいぞ。これは北町奉行所の善意だからな。なにせ、噂とはいえ刺客の話をご老中さまのお耳に届けたのだ。どこかでそのことを刺客たちが知ったとき、おぬしになにかしでかすであろうしの」

「な、なにを……」

「すまなかったな。邪魔をした」

驚いている赤城屋丑右衛門に告げて、亨が腰をあげた。

「お、お待ちを」

「うん、なにかの」

亨が焦った赤城屋丑右衛門の制止に、振り向いた。

「せ、折角のご厚意ではございますが……当家のために北町奉行所の皆さま方にご無理をお願いするのは心苦しゅうございまする」

赤城屋丑右衛門が断りを入れた。

「まちがえては困るな、赤城屋」

亨が氷のような声を出した。

「な、なにがまちがっておりましょう」

「厚意ではない。厚意などではない。お役目として見張るのだ。赤城屋、おまえをな。なにをしでかすかわからぬゆえじゃ」

怯える赤城屋丑右衛門に亨が宣した。

「そ、そんな……」

「覚悟しておくがいい。北町奉行所を敵に回したということがどれほどかをな」

慌てる赤城屋丑右衛門に止めを刺して、亨は背を向けた。

「あ、お待ちを。なにとぞ、もう一度お話を」

「…………」

すがろうとする赤城屋丑右衛門を無視して、亨は店を出た。

「城見さま……」

赤城屋丑右衛門も後を追ったが、店を出たところで足を止めた。騒いでいるだけで、付近の注目を浴びてしまい、近隣に話題を提供することになる。これを老舗ほど嫌がった。

「…………」

後ろに目をやることなく帰ってきた亨に、志村が笑いかけた。

「いじめすぎだろう。赤城屋か、あの後を追って出てきた男の顔色は紙のように真っ白だったぞ」

「あまりに腹立たしい対応であったからな」

「なにがあった。聞いてもよいか」

亨の怒りに志村が興味を持った。

「ああ……」

赤城屋丑右衛門との会話を亨が語った。

「……それはしかたないな」

志村が亨の対応を当然だと認めた。

「動くと思うか」

「おぬしへの対応を聞いた限りでは、動かずに辛抱できる器量があるようには思えぬな」

亨の確認に志村がうなずいた。

「機を待てるとも」

「思えぬ」

二人の意見が一致した。

「付き合うぞ」

にやりと志村が笑った。

「播磨屋どのから夕餉《ゆうげ》の代金はもらっているしの」

「おそろしいな。あの段階で夜までの見張りになるだろうと予想していたとは」

「うむ。できる商人というのは、どこまで見据えているのかと思う。刀を振り回すことでしかその力量を示せぬ武家が勝てぬはずよ」

亨の感想に志村も賛成した。

「老中くらいできそうだ」

「……………」

さすがに陪臣《ばいしん》とはいえ幕府に仕える者としては、志村の一言を認めるわけにはいかない。だが、否定もできないと亨は無言を貫いた。

「おもしろいな、おぬしは。老中と商人を一緒にするなと怒るところだろうが」

「……己の心に嘘はつけぬ」

「言ってるも同じだ。それは」

亨の主張に志村があきれた。

「おいっ」

馬鹿な話をしながらも赤城屋丑右衛門から目を離してはいない。志村が亨の注意を促した。

「出てきたな」

「丁稚《でっち》が付いていない。ということは商いじゃねえ」

江戸の商人は得意先や仕入れ先に行くとき、ほとんどの場合、供の奉公人を連れて行った。荷物を持たせるのは当然、他に得意先への顔見せとどのような挨拶をするかで相手の重要度などを奉公人に学ばせ、育てるためであった。

しっかりと志村は赤城屋丑右衛門が一人だと見ていた。

「付けるぞ」

「おおっ」

亨の合図に志村が首肯した。

三

赤城屋丑右衛門の後を付けている二人は目立たぬようにかなりの間合いを空けていた。

「おい」

「ああ、随分と気にしているな。もう、五回は振り向いているぞ」

二人が顔を見合わせた。

「それだけ警戒していても、こちらに気づかないあたりは素人《しろうと》だな」

「油断はできぬぞ」

軽視する志村に亨が釘を刺した。

「わかっているとも。しっかり見ているさ。我らの他にあいつを見ている者はいない」

志村が真剣な表情になった。

「助かる」

己の足りなさを志村はよく補ってくれる。亨は感謝した。

「一度、おごれよ」

志村が口の端を緩めた。

「……どうやら愛宕下大名小路《あたごしただいみようこうじ》に入るようだぞ」

「大名小路だと」

幸橋《さいわいばし》を右手に見ながら土橋《どばし》を渡った赤城屋丑右衛門が、斜め左の辻へと足を進めていった。

「当たりだな」

「見失うわけにはいかぬ」

志村の言葉に亨が駆け出そうとした。

「駄目だ。おぬしは顔を見られている。近づきすぎて振り返られたら見つかる」

行かすまいと志村が亨の袖を摑んだ。

「しかし、どこの屋敷が目的かを知るには……」

「拙者が先に出る。おぬしは拙者を付けてこい」

振り切ろうとした亨を宥《なだ》めた志村が出た。

「……すまん」

「少し急ぐ。おぬしはゆっくりだ。かならず見逃さぬ」

礼を口にした亨を見ずに志村が早足になった。

大名小路は、その名のとおり大名や高禄の旗本の屋敷が集まっている廓内の一画であった。徳川四天王の一つ酒井家や仙台の伊達家などの名門大々名から、外様の小大名までの屋敷がひしめき、大名小路から左右に延びる辻には旗本の屋敷が連なっていた。

「……こっちだ」

大名小路を入って二つ目の角を左折した突き当たり、仙台伊達家の分家田村《たむら》右京大夫の抱え屋敷角で志村が手を振っていた。

「わかったか」

「うむ。あの角から五軒目の屋敷だ」

問うた亨に志村が答えた。

「誰の屋敷かだな」

大名も旗本も表札は出していなかった。

「袖絵図を持っては……」

「おるわけなかろう。見学じゃない」

尋ねかけた亨に志村が首を横に振った。

袖絵図とは、掌《てのひら》より少し大きいていどの絵図のことである。小さく江戸を区分けしているため、町名や屋敷の名前などが略字であったり、細かすぎたりはするが大名や高禄旗本の屋敷くらいはわかる。地方から江戸へ出てきた者が、物見遊山の手引きに使ったり、土産物《みやげ》にしたりした。

「となると……」

亨が周囲に目をやった。

「訊くしかないな」

門番の立っている屋敷へと亨が近づいた。

「卒爾《そつじ》ながら……」

「なんでござろう」

門番の常として警戒を見せながらも、亨の呼びかけに応じた。

「こちらはどなたさまのお屋敷でございましょう。拙者北町奉行曲淵甲斐守が家臣の城見と申すもの」

町奉行所の内与力と言えば、より警戒されるときがある。亨は陪臣として名乗り、まずは礼儀として門番がいる屋敷の主を問うた。

「当方は近江水口《おうみみなくち》の領主加藤伊勢守《かとういせのかみ》が上屋敷でござる」

門番が答えた。

近江水口二万五千石の加藤家は、賤《しず》ヶ《が》岳《たけ》七本槍の一人加藤嘉明《よしあき》の末裔になる。関ケ原で徳川についたことで会津四十万石という大封を得たが、その子明成《あきなり》が会津騒動を起こして改易になった。近江水口藩は祖父の功績をもって一万石を与えられた嘉明の孫明友《あきとも》の六世にあたる。外様大名から譜代格へと引きあげられ、若年寄まで務めた藩主も出ている。

「伊勢守さまのお屋敷でございましたか。これはご無礼を仕りました」

礼儀としての詫びを亨がした。

「ところで、一つお伺いをいたしたい」

「どうぞ」

用件に入った亨を門番が促した。

「あちらのお屋敷でございますが、どちらのお方かお教えを願いたく」

亨が志村から聞いた屋敷を指し示した。

「どれ……ああ、あちらならば牧野大隅守さまのお屋敷でござる」

「牧野大隅守さまっ」

「さよう。もっとも今は南町奉行をお務めであられるゆえ、お屋敷にはお出ででは
ございますまい。御用ならば呉服橋《ごふくばし》の南町奉行所をお訪ねになられたほうがよろし
かろう」

驚いた亨に門番が懇切ていねいに教えた。

「ご親切にありがとう存じまする。これにて御免」

動揺を呑《の》みこんで亨は加藤伊勢守の上屋敷を離れた。

「……どうする」

聞こえていたらしい志村の声も固かった。

「夕餉はまただ」

「そうだな」

志村が同意した。

「甲斐守さまへお報せするか」

「……迷っている」

「ほう」

忠義者の亨がすぐに曲淵甲斐守へ報告するかどうかで悩んでいると聞いた志村が目を剝いた。

「どうしてだ」

「牧野大隅守さまがかかわっておられるのはまちがいないだろうが、それだけかどうかがわからぬ」

問うた志村に亨が首を横に振った。

「もっと上がいるかも知れぬと」

「うむ」

　亨が肯定した。

「おぬしも成長したな」

　志村がしみじみと言った。

「どういうことだ」

「少し前ならば、裏の裏まで見ることなく、猪突猛進で主君のところまで走ってい
ったろうにの」

「…………」

　褒められたのか貶《けな》されたのかわからない亨が鼻白んだ。

　赤城屋丑右衛門は牧野大隅守の屋敷で用人と対峙《たいじ》していた。

「……こういう羽目になりましてございまする。どうにかお手助けをいただきたく、
お願い申しあげまする」

　亨の話を赤城屋丑右衛門が用人にした。

「なるほどの。それは困るな」

用人がうなずいた。

「しかしだな、南町奉行所が出ていくわけにもいかぬぞ」

「なぜでございまする。当家は南町奉行所さまへの出入り。出入り先を守ってくださるのが決まりでございましょう」

赤城屋丑右衛門が用人を責めた。

「まちがえてはいかぬぞ、赤城屋」

用人が冷静に応じた。

「なにをまちがえていると……」

「当家の主、大隅守さまは町奉行を務めておられるが、代々町奉行所とかかわりがあったわけではない」

「……えっ」

赤城屋丑右衛門が間の抜けた声を出した。

「わからぬか。大隅守さまは御上のご命で南町奉行をなさっておられるだけじゃ。かつて勘定奉行をされていたときと同じように、大目付や留守居へ転じよとご指示があれば、南町奉行はそこまでで終わりぞ」

「で、では、牧野さまは南町奉行所の責任は取られないと」

白々と言った用人に赤城屋丑右衛門が息を呑んだ。

「取らねばならぬ義理はないの」

用人が断じた。

「それはあまりでございましょう。わたくしは御用人さまから、牧野さまをお助けすることになると聞かされたので、ご老中松平右京大夫さまのもとへ足を運んだのでございまする」

「恩に着ろと申すか」

文句を付けた赤城屋丑右衛門に用人が咎めるような声で述べた。

「……………」

赤城屋丑右衛門が言葉を失った。

「不愉快じゃ。帰れ」

「お、お許しを。御用人さま」

怒った用人に赤城屋丑右衛門がうろたえた。

「いいや、ならぬ。たかが商人の分際で旗本に恩を売ったなどと言われては許せぬ。武士にとって恩は主君からいただくもの。商人風情からもらうものではないわ。出ていけ。二度と当家の門を潜ることを許さぬわ」

用人が赤城屋丑右衛門を厳しく叱責《しっせき》した。

「お許しを。お許しを。お詫びは幾重にもいたしまする」

赤城屋丑右衛門が額を床に押しつけた。

「ならぬわ。誰ぞ、こやつを放り出せ」

「……はっ」

用人の招聘《しょうへい》に応じて、家臣が二人現れた。

「こいっ」

「抵抗するな」

二人の家臣が赤城屋丑右衛門の両腕を摑んで引きあげた。

「い、痛い。お許しを、お許しを」

悲鳴をあげつつも嘆願を続ける赤城屋丑右衛門だったが、屈強な家臣には抗えなかった。

「役に立たぬな。いや、よりまずいわ。ご老中さまに話を持っていくならば、相応の準備をしてからであろう」

残った用人が吐き捨てた。

「やれ、殿にどうやってお話しをすればよいか……」

屋敷を預かる用人とはいえ、家臣には違いない。主君の機嫌次第では思わぬ被害も受けかねなかった。

「……参るとするか」

用人が牧野大隅守のもとへ向かうために立ちあがった。


赤城屋丑右衛門が出てくるのか、もしくは牧野大隅守の家臣がどこかへ行くのか。それを見張るために亨と志村は、先ほど顔と名前を覚えられた加藤伊勢守の上屋敷とは反対側になる丹波《たんば》篠山《ささやま》五万石青山下野守《あおやましもつけのかみ》の下屋敷前にいた。

上屋敷は大名の顔ともいうべき公邸になるため門番はいるが、下屋敷ともなると外で立ち番をする者はいなくなることが多い。

青山下野守の下屋敷も伝に漏れず、門番はいなかった。

「……お願いを」

牧野大隅守の屋敷、その潜門が開いて、蹴り飛ばされるようにして赤城屋丑右衛門が出てきた。

「みょうだな」

「うむ」

閉じられた潜門にまだ取りすがろうとしている赤城屋丑右衛門に二人が怪訝な顔をした。

「追い出されたようだが……」

「見捨てられたのであろう」

首をかしげた亨に志村が告げた。

「おぬしのせいだぞ。他人事みたいな顔をするな」

志村が亨にあきれた。

「やったならば、やりかえされるのは当然であろう。それを考えていなかったあやつが足りぬのだ」

「言うのう」

あっさりと赤城屋丑右衛門を切り捨てた亨に志村が感心した。

「……………」

あきらめた赤城屋丑右衛門が肩を落として牧野大隅守の門前から離れていった。

「吾が付けよう」

志村が物陰から出た。

「頼む。報告は明日播磨屋で聞く」

「承知」

軽く手をあげて志村が赤城屋丑右衛門の後を追った。

「……出てきた」

赤城屋丑右衛門の姿が完全に見えなくなってから、用人が潜門から顔を出した。

「おらぬようじゃの」

「待ち伏せいたしておるやも知れませぬ。御用人さま、お供を」

一緒に出てきた家臣が用人に話しかけた。

「ここから呉服橋までなら近い。赤城屋も儂に無体を仕掛けるほど愚かではなかろう。儂の供をするより、屋敷の警戒を密にいたせ」

用人が指示を残して歩き出した。

武家には門限がある。いざというときのためにあるのが武士なのだ。許可を取らない限り、日が落ちる前に屋敷へ戻っていなければならない。

大名小路は武家町だけに夕刻になると人通りが増える。出かけていた武士たちが屋敷へ戻るのだ。

武士が溢れる大名小路で亨の姿は周囲に溶けこみ、振り向いたくらいではまず後を付けてきているとはわからなかった。

「……これは」

少し歩いていると用人の行く先が亨にも読めてきた。

「呉服橋御門、南町奉行所へと向かっておるようだ。赤城屋丑右衛門のことを牧野大隅守さまへ報告するのか」

亨が独りごちた。

「こちらは収穫なしだな」

用人が南町奉行所の役宅へと消えていくのを確認して、亨は離れた。

まだ内与力に任じられてまもないとはいえ、いろいろと町奉行所の役人たちと軋《あつ》轢《れき》をおこした曲淵甲斐守の家臣である。亨は南町奉行所の与力、同心にも十分顔を知られていた。

「今日は戻るか」

志村との約束は明日であった。

呉服橋御門から常盤橋御門は見えるほどの距離であったが、亨は一度城を出て、外堀を大回りした。

四

「……遅くなりましてございまする」

役宅へ帰った亨は曲淵甲斐守の前で帰還の報告をした。

「ご苦労であった。で、どうじゃ」

労《ねぎら》いの言葉を先にかけ、曲淵甲斐守が問うた。

「播磨屋へ参りまして、伊右衛門どのに赤城屋丑右衛門のことを伺い……」

一日のことを細かく亨が説明した。

「……やはり大隅守か」

曲淵甲斐守が眉間にしわを寄せた。

「志村であったな、血鞘と言われていた刺客は」

「……はい」

確認した曲淵甲斐守に一拍の間を空けて亨がうなずいた。

「心配か。余が血鞘を切り捨てるのではないかと」

「そ、そのようなことは」

曲淵甲斐守に言われた亨があわてた。

「安心いたせ。かつても申したであろう。余は味方を踏みにじってまで上に昇りたいとは思っておらぬ。そのようなことをいたせば、出世したところで足を掬《すく》われるだけじゃからの。それにの……」

じっと曲淵甲斐守が亨を見た。

「すべてを捨てた者ほど怖いものはない。己の破滅を気にせぬ。巻きこんでの死を望む相手に余は勝てぬ。余は武田遺臣の名門曲淵家の当主である。先祖代々守り続けてきた名跡を守り、発展させ、譲らなければならぬ義務がある。少なくとも血鞘が、いや志村が余の敵にならぬかぎり、こちらから手切れをするつもりはない」

「申しわけございませぬ」

強く宣した曲淵甲斐守に亨が詫びた。

「よい。それだけ、そなたの世間が拡がったということなのであろう。そなたの世間が拡がれば、余の目も大きくなる」

曲淵甲斐守が笑った。

「それに、余はそなたに江戸の闇を支配せよと命じた。闇を支配するのに志村の力と経験は必須だろう」

「…………」

言われた亨は返答できなかった。

「まだ肚が据わらぬか。ふむ。男の肚を据わらせるには、女がよかろう。女ができた男は逃げなくなる。亨、そなた嫁をもらえ」

「なにをいきなりの仰せでございますやら」

曲淵甲斐守の指図に亨が驚愕した。

「西の娘、咲江と申したか。あの娘ならば、そなたを支えてくれよう」

「殿……」

あわてて亨が抗議をしようとした。

「主命である」

曲淵甲斐守が亨の反論を封じた。

「……承知いたしましてございまする」

亨が受けいれた。

「よし、左中居をこれへ」

「左中居どのを……」

亨が首をかしげた。今、話している内容は他聞をはばかる闇か、亨の事情であり、北町奉行所を差配する年番方与力には聞かせられないか、無意味である。

「わからぬか、まだ」

小さく曲淵甲斐守がため息を吐いた。

「左中居は余に屈した。北町奉行所に残った連中も、余の鼻息を窺っておる。だが、竹林を筆頭に欠けた者どもの後釜としてきた、南町奉行所に縁のある連中はどうだ」

「…………」

亨は息を呑んだ。

「先日の襲撃もあの日のうちに南町奉行所へ届いたはずだ。さすがに竹林がいたとは言えまいがな。言えば町方役人は終わる。放逐された与力が逆恨みで奉行を殺そうとしたと知られれば、大騒ぎになる。目付も勇んで出てくる。もちろん、余を追い落とすためじゃ。余がいなくなれば、町奉行の席が一つ空く。そこへ目付の誰かが入れるかも知れぬ。いきなり町奉行は無理でも、どこぞの遠国奉行か勘定奉行が異動する。その後に目付が入ると考えてもおかしくはない」

幕府監察の目付は、出世がなかなか難しい。なにぶん、他人から嫌われるのが仕事のようなものなのだ。引きあげてくれようという上司もいない。ただ、手柄を立てれば別になる。信賞必罰は幕府の基礎であり、これをおろそかにすると誰も働こうとはしなくなる。

町奉行を更迭《こうてつ》できれば、目付の大手柄になった。

「もちろん、余も黙ってやられはせぬ。町方役人どもの悪習を表にする。わかっていること、暗黙の了解とはいえ、評定所などに持ち出されれば、そのままとはいかぬ。かならず、町方役人にも綱紀粛正の嵐は吹く。与力、同心どももそれくらいはわかっている」

「たしかに」

亭は納得した。

三十俵二人扶持《ぶち》という幕府御家人のなかでも薄禄と言われる町奉行所同心だが、その収入は多い。出入り金だけで二百石の旗本を凌駕《りょうが》するだけのものが入る。それこそ御家人最高の贅沢《ぜいたく》を満喫できる。その生活を捨てるはずはなかった。

「とはいえ、それ以外のことは行き来するだろう。なにせ、親子、兄弟なのだ。秘事を漏らしているという感覚さえないだろうよ」

「世間話だと」

「うむ」

亭の比喩を曲淵甲斐守が認めた。

「さて、左中居を呼んで、そなたの婚姻の話を伝える。当然、そなたの相手は誰だとなろう。まあ、竹林が狙うくらいだ、娘が播磨屋伊右衛門のかかわりだとは皆知っておろうが、それを正式に余が認めることになる」

「はあ……」

知っているならば、なにもあらためて言わなくてもよいのではないかと、亨は力のない返答をした。

「正式と非公式の差から教えねばならぬのか。まあ、今は面倒ゆえ、それは後だ。ようは、そなたと播磨屋伊右衛門の繋がりが親戚になったことでより強固になると知らしめたいのよ」

曲淵甲斐守が目的を告げた。

「江戸でも指折りの酒問屋、それも日本橋に店を構える老舗の播磨屋。その影響力は江戸中の商家に及ぶ。その力をそなたが播磨屋伊右衛門を通じて手にする。そして、それは余が得たも同然である」

「……………」

亨が息を呑んだ。

「町方の与力、同心は出世がない。そしてよほどのことでもないかぎり、転属もない。つまり、あやつらの目は上ではなく、下を見ている。上司ではなく、金をくれる商家の顔色を窺っている。そういった連中にとって、播磨屋伊右衛門と親戚になったそなたは恐怖じゃ」

「恐怖……」

予想していなかった表現に亨が目を剝いた。

「そなたを怒らせれば、播磨屋伊右衛門が出てくる。播磨屋伊右衛門が北町奉行所へ出入り金を渡している商家たちを集めて、言うことを聞かねば今後金は渡さぬとか、減らすとか言い出せばどうなる」

「与力、同心の収入がなくなりまする」

訊かれた亨が勢いこんだ。

「実際は商家の思惑やら、利が絡むゆえ、そう簡単に出入り金がなくなるわけではないが、少なくとも減らすことはできる。いや、極端な話になるが、出入り金は今までどおり渡すが、同心の誰々には配分してくれるなとの条件をつけることもできよう」

「……………」

亨が啞然とした。

「出入り金を自在に操られる。これがどれほど町方役人たちにとって恐怖になるか。

わかったであろう」

「はい」

念を押した曲淵甲斐守に亨は首肯した。

「それを公に余が認める。つまり南町奉行所の与力、同心といえども、余を無視できぬようになる。そう、牧野大隅守よりも、余の顔色を読むようになる」

「牧野大隅守さまの手足をもぐ……」

ようやく亨は曲淵甲斐守の真意に気づいた。

「わかったならば、さっさといたせ」

「……はっ」

もう一度命じられた亨が、左中居作吾のもとへと急いだ。

町奉行所の財務、人事、庶務など一切の事務を担当する年番方は忙しい。また、外へ出せない密事も多いため、年番方の部屋への出入りも制限されていた。

「御免、城見でござる」

年番方の部屋の前で亨が大きめの声を出した。

「……御用でござるか」

もっとも年の若い年番方同心が、障子を開けた。

「お奉行さまが左中居どのをお呼びでござる」

亨が用件を告げた。

「承りましてございまする」

いかに年番方が忙しかろうが、町奉行の呼び出しを断ったり、留保したりはできない。うなずいて若い年番方同心が奥へと行った。

「……お呼びだそうでござるが、どのようなご用件でござるかの」

出てきた左中居作吾が亨に問うた。

「まことに申しわけないことでござるが、拙者の私事についてでございまする」

亨が説明した。

「……嫁取りをなさる。それはおめでとうございまする」

まず左中居作吾が祝いを述べた。

「で、お相手はあの、播磨屋どのが遠縁の大坂町奉行所同心の娘御でまちがいございませぬか」

左中居作吾が確認を求めた。

「でござる」

短く亨が肯定した。

「わかりましてござる」

左中居作吾がうなずいた。

「……聞いたの」

曲淵甲斐守はそれだけしか言わなかった。

「承知いたしましてございまする」

左中居作吾も首肯しただけで終わった。

「では、早速に」

さっさと左中居作吾が下がっていった。

「よろしゅうございますので」

あまりに簡単すぎる遣り取りに亨が懸念を表した。

「さすがだの。あれだけで余の言いたいことを把握しおった。年番方を預かってい
るのも当然じゃ」

曲淵甲斐守が左中居作吾を評した。

「はあ……」

主君がそう言うならば、家臣が異論を出す意味はなかった。

「亨、明日の夕刻七つ（午後四時ごろ）前に、播磨屋へ来てくれるよう伝えておけ。日取りなどを決めたい」

「殿がわたくしの婚礼の日取りを」

一門とか門閥家老の家柄、その当主の婚姻となれば主君の出席もあるが、城見家の嫡男の亨の式に曲淵甲斐守が出るのは異例であった。

「できるだけ、余と播磨屋が親しいと周囲に見せつけねばならぬ」

「…………」

亨の婚姻も利用すると言った曲淵甲斐守に亨が黙った。

年番方の部屋へ戻った左中居作吾が手を叩《たた》いた。

「一同、注目せよ」

左中居作吾が作業の中断を命じた。

「なんでござろう」

「はて」

一刻の余裕もない年番方の作業を止めさせてまで、全員に聞かせるとなれば大事しかない。年番方与力、同心が不安そうな顔をした。

「不幸ではない。いや、不幸になるやも知れぬ話だ」

左中居作吾が一同の顔を順に見た。

「内与力の城見どのが、婚姻をなされると決まった」

「それは、播磨屋伊右衛門どののお身内になるということでございまするや」

告げた左中居作吾に年番方与力が目を見張った。

「そうである」

「それはっ」

「いよいよでござるか」

うなずいた左中居作吾に一同が騒然となった。

年番方は北町奉行所を実質運営している重要な役目である。人事もおこなうためにどちらかに傾くことをよしとせず、年番方与力、同心は竹林一栄に与《くみ》しなかった者が多い。おかげで竹林一栄の騒動に巻きこまれずにすみ、人員の入れ替えもなかった。つまり、皆、すでに亨と咲江の婚約を知っていた。

「それをわざわざお奉行さまが、拙者に伝えた理由もわかるな」

「あらたに御役についた者どもにしっかりと言い聞かせるということでございますな」

左中居作吾の注意に手慣れた与力が応じた。

「そうじゃ。馬鹿をしでかす奴はおらぬと思うが、南町にもしっかりと念を押さねばならぬ」

「もめませぬか」

年番方与力が首をかしげた。

「どちらが大事だ。南町奉行どのの面目か、出入りの金か」

「……数年でいなくなるお奉行さまより、末代までもらえる金でございまする」

左中居作吾に尋ねられた年番方与力が述べた。

「わかっていればいい」

もう一度左中居作吾が一同を見回した。

「曲淵甲斐守さまもいずれは奉行から離れられる。あのお方は上を目指されるからの、意外と早かろう。それまでの間だけだ。曲淵甲斐守さまが町奉行でなくなられれば、内与力どのが播磨屋の親戚だという意味はなくなる。そうなれば、また我らはなにも気にすることなく、出入りを味わえる」

「わかっておりまする」

「承知いたしておりまする」

釘を刺す左中居作吾に一同が首を縦に振った。

左中居作吾を帰し、亨も控えに下げた曲淵甲斐守が怒っていた。

「大隅守め」

曲淵甲斐守が怒っていた。

「痛い目にあったというに懲《こ》りずに余へ挑んでくるとは、身のほどを知らぬ。本家の大名に引きあげられての出世で町奉行になった者と一からすべてを吾が手で摑んできた余との差、見せてやろうではないか。おとなしくしておれば、町奉行を辞めるだけですませてやったが、もう許さぬ」

憤りのまま曲淵甲斐守が決意をみせた。

「では、そろそろ評定所前の箱へ訴えを出させるとするか」

曲淵甲斐守が独りごちた。

「左中居作吾をこれへ」

曲淵甲斐守が筆頭与力を呼びつけた。

「なんでございましょう」

年番方与力は忙しい。それでも左中居作吾は曲淵甲斐守を待たせないように、大急ぎで顔を出した。

「佐田《さだ》の居所は把握しておるな」

「……はい」

確認された左中居作吾が曲淵甲斐守の意図を悟って息を呑んだ。

「書面の用意は」

「させておりまする」

曲淵甲斐守から指示が出たのだ。抜かりは許されない。左中居作吾は大きく首を縦に振った。

「中身は検めたであろうな」

「わたくしがいたしましてございまする。ご懸念がおありならば、お奉行さまのお目を通していただいて……」

「不要じゃ。そなたを信じておる」

「……お、畏《おそ》れ入りまする」

首を横に振った曲淵甲斐守に左中居作吾が冷や汗を搔いた。

中身を知らなければ、言いわけが利く。役人独特の逃げ道を曲淵甲斐守が用意して、なにかあったときに左中居作吾へ全責任を押しつけるつもりだとわかったからである。

「佐田を行かせよ」

「はっ」

曲淵甲斐守の指示に左中居作吾が手を突いた。

第三章　縁《えにし》の裏

一

江戸城辰ノ口にある評定所の前に、毎月二日、十一日、二十一日の三度、桐の箱が置かれた。二尺五寸弱（約七十五センチメートル）四方で、天板だけが中央に封書を投函する穴の開いた銅板で作られたそれは箱と呼ばれ、幕臣以外であれば誰でも意見を具申できた。明け六つ（午前六時ごろ）から暮れ六つ（午後六時ごろ）まで出された箱は、一夜評定所で保管された翌朝、本丸へ持ちこまれ、直接将軍が披見した。

「…………」

その箱に八丁堀を追放された佐田が書状を入れた。

「仕方なかったんだ」

佐田は己に言いわけしながら、評定所の前を去っていった。

咲江との婚姻を曲淵甲斐守から言われた亨は、主君の登城を見送るとその足で播磨屋へと向かった。

「お待ちでございますよ」

顔見知りの番頭が亨を奥へと案内した。

「おう、早かったな」

播磨屋の台所で志村が飯を喰《く》っていた。

「少し待ってくれ。もう終わる」

志村が飯を搔っこんだ。

「慌てずともよいぞ。それくらいならば待てる」

亨が咳《せ》きこみそうになっている志村に苦笑した。

「……悪いが、握り飯を二つほど作ってくれ。ちと物足りぬ」

茶碗を空にした志村が、播磨屋の女中に頼んだ。

「はいはい」

いつものことなのだろう、笑いながら女中がお櫃《ひつ》に手を入れた。

「少し出よう」

ここでできる話ではないと、志村が亨を誘った。

「ああ」

亨が従った。

酒問屋である播磨屋は、その裏が水路に面している。でなければ、灘から江戸へ運ばれた大きな酒樽《さかだる》の納入が大変になるからだ。船に積んだ酒樽を下ろしやすいよう、坂になった船だまりで志村が膝を曲げた。

「……昨日の赤城屋丑右衛門だがな。西の丸下まで行き、老中松平右京大夫さまの屋敷へ入っていったわ」

「どのくらいいた」

志村の報告を聞いた亨が気にした。

「すぐだったな。それこそ、叩き出されたといった感じであった」

「ほう」

述べた志村に亨が驚きの声を漏らした。

「一緒に出てきた松平右京大夫さまの家臣、家老か、用人か、勘定方かはわからぬが、そこそこの身形《みなり》をした初老の男から、門前で赤城屋丑右衛門はずいぶんと叱られていたわ」

「なるほど。牧野大隅守さまに見捨てられたから、松平右京大夫さまにすがろうとしたのか」

亨が読んだ。

「愚かよな。己が騙した松平右京大夫さまに庇護《ひご》を求めるなどな」

「首が付いていていただけましだと思うべきだな」

志村と亨がため息を吐いた。

「松平右京大夫さまのもとまで、赤城屋丑右衛門のことは届いておるまい」

亨が推測した。

「どうしてそう思う」

志村が問うた。

「赤城屋丑右衛門の嘘でご老中松平右京大夫さまが動かれたとなればどうなる。まだ殿にお話が来る前ならばいくらでもごまかせようが……」

「松平右京大夫さまを蹴落としたい連中にとって、なによりの材料だな」

亨の説明に志村がうなずいた。

「では、松平右京大夫さまは赤城屋丑右衛門が嘘を言ったとは……」

「ご存じあるまい。お耳に届いていれば、それこそ赤城屋丑右衛門は……」

亨が志村を見つめた。

「刺客にやられるか」

「…………」

無言で亨が肯定した。

「赤城屋丑右衛門がやけになったりはせぬか。それこそ他のご老中方に松平右京大夫さまのことを話すとか、若年寄のどなたかに持ちこんで庇護を願うとか」

「しっかりと太い釘を刺されているだろう。そんなことをしたら命だけでなく、店も潰すと」

「嫌な話だ。だからお偉い方は……」

苦い顔で志村が吐き捨てた。

「で、どうする。もう少し赤城屋丑右衛門を見張ろうか」

志村が訊いた。

「よいのか」

亨が播磨屋を振り向いて見た。

「あっちからの話だ。雇い主のご意向には従わねばならぬでの」

小さく志村が笑った。

「では、遠慮なく頼む」

「任せよ」

頭を下げた亨に志村が胸を張った。

「ああ、こんなところにいた」

少し道から下がったところにいた二人の上から咲江の声が降ってきた。

「男はん二人が見えへんところでひそひそ話なんて、嫌らしいわあ」

咲江が責めた。

「…………」

「じゃあな」

目で助けを求める亨の肩を叩いて、志村が歩き出した。

「お返しします」

「おおきに」

志村の冗談に咲江が小腰を屈めて笑った。

「……………」

亨は嘆息した。


咲江を連れて店へ戻った亨は、播磨屋伊右衛門への面会を求めた。

「もう、いかはりますの」

二人での話がなかったことに咲江が頰を膨らませた。

「咲江どのもお出でなされ」

「あたしも……なんやろ」

誘われた咲江が小首をかしげた。

播磨屋伊右衛門はいつもの居間に二人を迎えた。

「朝早くから申しわけない」

「いえいえ、朝のうちは仕事がございませんので」

詫びた亨に播磨屋伊右衛門が手を振った。

朝の店は忙しい。足りなくなった酒を補充しようとする大名家、料理屋、商家が押し寄せてくるからだ。だが、その相手は主ではなく、番頭たち奉公人がする。主が出向かなければならないのは昼からの商談くらいで、午前中は余裕があった。

「主曲淵甲斐守より、言伝《ことづて》を申しつかって参りましてございまする」

「それは……どうぞ」

播磨屋伊右衛門が、立ちあがって亨に上座を譲った。

「……このたび、家臣城見亨と西咲江の婚姻を為すことにいたしました」

「それは……」

「えっ」

少しためらって言った亨に播磨屋伊右衛門が驚き、咲江が目を白黒させた。

「……ほんまに」

「これっ」

疑う咲江を播磨屋伊右衛門が咎めた。

「ついては、詳細について話をいたすゆえ、本日七つ、町奉行所役宅まで来るように、とのことでございまする」

「ほんまや」

最後まで告げた亨に咲江が疑いを消した。

「承りましてございまする」

まず播磨屋伊右衛門が手を突いた。

「お忙しいときに……」

「いえ、慶事はすべてに優先されまする」

申しわけなさそうな亨へ播磨屋伊右衛門が手を振った。

「おめでとうございまする」

続けて播磨屋伊右衛門が姿勢を正して寿《ことほ》いだ。

「かたじけのうございまする。どうぞ、これからもよろしくお願いをいたしまする」

手を突いて亨も応じた。

武士の身分としては、いかに相手が豪商でも両手を突くのはよろしくないが、親戚になるのだ。そのうえ、ここに亨を咎める者もいない。

「咲江、ごあいさつをなさい」

「……へっ」

播磨屋伊右衛門に言われた咲江が怪訝な顔をした。

「はあ」

盛大なため息を播磨屋伊右衛門が吐いた。

「あるでしょうが。不束者《ふつつかもの》でございますがというのが」

「あああ」

ようやく咲江が気づいた。

「城見はん、こんな女やけど、一生懸命尽くしますよって、生涯お側《そば》においてやっておくれやす」

「これっ」

武家の娘らしくない咲江の挨拶を播磨屋伊右衛門が怒った。

「いや、怒ってくださるな。これこそ咲江どの」

亨が播磨屋伊右衛門を宥めた。

「先日の武家風よりはよほどよろしい」

「……そんなに似合ってなかった」

かばった亨を咲江が不満そうな顔で見た。

「大坂からの付き合いぞ。もう、咲江どのの正体も知っている」

「ううう」

言われた咲江が唸った。

「畏れ入りまする。わたくしどもの躾《しつけ》が行き届きませず」

播磨屋伊右衛門が深々と腰を折った。

「どうぞ、お気に召さぬ点がございましたら、厳しくお叱りのほどを」

「そうさせていただく」

「かなわんわあ」

播磨屋伊右衛門と亨の遣り取りに咲江が拗《す》ねた。

二

牧野大隅守は赤城屋丑右衛門のことで不機嫌であった。

「あそこまで肚がないとは思わなかったわ」

「まことに」

報告に来たまま、役宅に止まった用人が同意した。

「本家の出入りじゃと思い重用してやったというに」

牧野大隅守の本家は越後長岡藩七万四千石の譜代大名である。元和四年（一六一八）から越後長岡に封じられた歴史もあり、領内の開発も進んで実高は十二万石近いと言われている。土地柄、米の取れ高が不安定なため、救荒に備えて稗や粟の栽培を奨励している関係で赤城屋の出入りを許していた。

「本家へ報せておけ。赤城屋が失態を犯したとな」

「わかりましてございまする」

牧野大隅守の指示を用人が了解した。

「どうなさるかの。松平右京大夫さまは」

不安そうな顔を牧野大隅守が浮かべた。

「……わかりませぬ」

世慣れた家臣が命じられる用人とはいえ、千石から二千石ていどの旗本では老中という雲の上の人物まで知りようがない。

用人が首を左右に振るのはしかたのないことであった。

「お怒りを買うのはまずい」

「……お金でございますか」

声を潜めた牧野大隅守に用人が苦い顔をした。

「それしかなかろう。ご老中さまとはいえ、金には弱いはずだ」

「……どのていど」

牧野大隅守の言葉に具体的な金額を用人が求めた。

「千両は要る」

「とんでもないことでございまする。当家に、それだけの余裕はございませぬ」

金額を聞いた用人が強く首を横に振った。

「家が潰れるぞ」

「千両出せば、やはり潰れまする」

用人が拒絶した。

牧野大隅守は二千二百石を与えられている。旗本としては多いほうになるが、四公六民のため、年収は九百両に満たない。千両となれば、一年以上家臣への禄を払わず、飯も喰わず、逼塞《ひっそく》しても足りなかった。

「町奉行として八百俵を足されているはずだ」

八代将軍吉宗《よしむね》のおこなった改革で、役高に足りないぶんは玄米で直接支給される。町奉行は三千石高の役目になるため、牧野家には八百俵が渡されていた。

「そんなもの、焼け石に水どころではございませぬ」

あわてて用人が否定した。

「町奉行になられるまでの借財が……」

用人が俯《うつむ》いた。

「むっ」

牧野大隅守も詰まった。

役人としては順当な出世を重ねてきた牧野大隅守だが、実力だけでここまでは来られない。本家や親戚一門の引きもあるが、それとて日ごろの気遣いがあればこそである。また、新しい役目へ就くたびに、同役や上役を招いての饗応をしなければならない。もちろん、後輩ができれば饗応してもらえるが、金が返ってくるわけではない。さらに出世を願うならば、要路への付け届けは必須になる。

「勘定奉行をなさっておられた間のものが、いまだに……」

申しわけなさそうに用人が告げた。

「勘定奉行か」

幕府の金をすべて取り扱う勘定奉行は、面倒な役目であった。米の値段だけでなく、あらゆる物価に統制をかけられる勘定奉行の権限は大きい。それこそやる気になれば、江戸中の豪商が屋敷の前に行列を作る。

ここで終わりでいいと思っているならば、あまり派手にならないていどに商人と付き合い、そこそこの蓄財はできるが、より上を目指すならば、それは絶対に避けなければならなかった。

勘定奉行が詰める勘定所には、不正を糺《ただ》す勘定吟味役がいた。勘定吟味役は幕政すべての金について監査する権を有しており、勘定奉行といえども押さえこむことはできなかった。勘定吟味役は勘定衆という身分の低い実務役を長く務めた者が任官することが多く、勘定の隅から隅まで通じている。

「ちと、米の売値が高すぎるようでござる」

遠国奉行や作事奉行などから勘定奉行へ抜擢《ばってき》された者が、どれだけうまくやっても足りないところをしっかりと見抜く。

勘定吟味役は勘定奉行の天敵であった。

賄賂を受け取れないだけではなかった。まともに勘定奉行という激務をこなそうと思うならば、配下たちをうまく遣わなければならなかった。

「今日は大変であったの。これで疲れ休めでもいたせ」

年貢の収納など、激務が連続したら、配下たちを労ってやる。

「そなたはよくやっておるな。推薦しておいたぞ」

働きのいい配下の出世の手助けも要る。

このどちらも金がかかった。

「けちくさい御仁じゃ」

これをしないと、配下たちがその勘定奉行のために無理をしようとしなくなる。

「貴殿のところだけ、書付ができておらぬぞ」

同役の勘定奉行から仕事の遅れを指摘されたり、

「あの書付はどこだ」

「探してみましたが……見当たりませぬ」

執務への協力がおざなりになるなど、足を引っ張られる。

勘定奉行は激務の割りに合わない役目であった。

「だからこそ、町奉行への転出を急いだのだ」

牧野大隅守が機嫌を損ねた。

「わかっておりまする。おかげさまで当家の財政は一息つけましてございまする」

用人が慌てて宥めた。

勘定奉行と町奉行は同じ三千石高で同格のように見えるが、幕府の役職の順位を定めた大概順によると一段だけ違った。

これは武家が金勘定を一段低いものとしているからである。ちなみに大目付は町奉行の一段上、留守居にいたっては十段も席次が高い。

「金が出せぬとあればどうするのだ」

「……それは」

苛立《いらだ》つ牧野大隅守に用人が困惑した。

「余が赤城屋に指図したことが嘘だとわかれば……終わる。どうする……」

牧野大隅守が頭を抱えた。

「……嘘でなくせばよろしいのでは」

おずおずと用人が口を出した。

「嘘でなくせばよいだと……」

牧野大隅守が首をかしげた。

「南町奉行所で刺客を捕まえればよろしいかと」

「手柄をこちらで取る……」

用人の考えに牧野大隅守が思案に入った。

「北町奉行所ではなく、南町奉行所が刺客を捕らえる。それをご老中松平右京大夫さまのもとへ報告すれば……」

牧野大隅守が呟いた。

「よいな」

大きく牧野大隅守が手を打った。

「そなたは刺客を存じておるか」

牧野大隅守が用人へ問うた。

「とんでもございませぬ」

強く用人が否定した。

「どうにか刺客と伝手を探せ」

「なぜでございましょう。南町奉行所の与力、同心の方々に探していただいたほうがよろしいかと」

主君の言葉に用人が首をかしげた。

「あやつらが真剣に探すはずがなかろう。もし、できるならば、とっくに刺客業などお城下から駆逐されているわ」

「……それはたしかに」

牧野大隅守の説明に用人が納得した。

「ゆえにそなたに命じるのだ。そなたが刺客と繋がりを持てば、そこから芋づる式に連中を捕まえられよう」

「はあ」

用人が曖昧な答えをした。

「わかったならば、さっさと刺客を探して参れ」

「どういたせば」

言われた用人が戸惑った。

「それくらい、どうにかいたせ」

「…………」

押しつけられて用人が黙った。

「ええい、それでよく町奉行の用人をしておられるな。刺客などどうせ表には出られぬのだ。いるとすれば悪所であろう。遊郭とか博打場《ばくちば》とかへ行けばどうにかなろう」

「悪所でございますか……」

教えられた用人が少し悩んだ。

「ですが、よろしいのでしょうか。町奉行所とはかかわりないとはいえ、わたくしは町奉行の用人でございまする。その用人が悪所へ出入りするなど誰かに見られたら……」

「むうう。それはよろしくないの」

用人の懸念に牧野大隅守も同意した。

「そうじゃ。悪所ながら出入りできるところがあろう。吉原ならば問題ないはずじゃ」

「吉原……なるほど」

用人がうなずいた。

吉原は幕府が唯一江戸で認めている遊郭であり、ここに足を踏み入れることは問題がなかった。もっとも幕初、武士たちが戦がなくなって余った力を女へと向け、足繁く通い詰めたため、一時は大名や旗本の出入りを禁止したが、そんなものは男の欲望の前には有名無実となっている。

「費用は……」

吉原へ行くとなれば金が要る。用人が経費としてくれるのかと伺った。

「遊ぶのはそなたじゃ。とはいえ、いつまでも自費では保たぬか」

「はい」

用人は旗本の家老にあたり、牧野家ではもっとも禄をもらっているが、それでも二千石ていどでは知れている。用人が与えられている禄は、百二十俵しかなかった。

唯一の公認遊郭だけに吉原の格式は高く、金もかかる。その辺にある御法度《ごはっと》の岡場所の数倍は飛んでいく。百二十俵の禄では、数回も行けば終わってしまう。

「女の代金は、出せぬ。飲み食いの代金の半分ならば足してやる」

牧野大隅守が用人に告げた。

「……………」

用人が辛そうな顔をした。

「ええい、ならば飲み食いの代金は出してくれる。それまでじゃ」

しかたないと牧野大隅守が条件を緩めた。

「かたじけのうございまする」

用人が手を突いた。

三

昼餉を播磨屋伊右衛門らと共にした亭は、もう一人の用心棒である池端《いけはた》のもとへ出向いた。

「志村どのをお借りしておりまする」

手を一つ借りてしまっていることを亨が詫びた。

「いや、主どののご判断だ。気にするな」

池端が手を振った。

「わざわざそれを言いに来てくれたのか」

「それもござるが、よろしければお手合わせを願いたく」

問うた池端に亨が求めた。

志村と共に播磨屋伊右衛門に雇われた池端は、町道場ならば十分に開けるほどの実力を持っていた。

「昼の荷入りはすんだ。夕までならば少し暇がある。さほどお相手はできぬが、それでもよろしいか」

一刻（約二時間）ほどでいいならばと池端が首肯した。

「かたじけなし」

亨は喜んだ。

「では、あちらで」

池端が亨を蔵の建ち並ぶ前へと誘った。

酒問屋の蔵には大きな樽が出入りするだけに、その前庭は大きく取られており、ちょっとした道場の半分ほどの空き地となっていた。

「それをお使いあれ。志村の木剣でござる。拙者はこの自前を使いますゆえ」

「お借りする」

蔵の壁に立てかけてあった木剣を亨は摑んだ。

「……ほう」

数度振った亨が、その使いこまれている様子に感心した。

「毎朝、半刻（約一時間）ほど稽古をしておるので」

池端も木剣を振りながら告げた。

「さて、間合いは三間（約五・四メートル）でよろしいか」

「結構でござる」

対峙する距離を池端が確認し、亨が同意した。

三間は近い。手と木剣の長さを合わせるとほとんど一足一刀の距離になる。一歩踏み出せば、まちがいなく相手を間合いに捉え、同時に相手の間合いに捉えられる。

真剣勝負では、動けば死に繋がる間合いになりまずあり得ないが、稽古だとすぐに刃を交わせた。

「お願い仕る」

「こちらこそ」

二人が木剣を青眼に構え、対峙した。

「参る」

「来られよ」

稽古では格下から動くのが礼儀である。亨が声をかけ、池端が応じた。

「おうやっ」

大きく右足を踏み出した亨が、青眼の太刀を上段にあげて、落とした。

「…………」

半歩右へと足をずらし、池端が亨の一刀を避けた。

「なんのう」

かわされることは最初から織りこみずみであった。亨が空を斬った木剣を途中で薙ぎへと変えた。

「甘い」

上下の力を無理矢理水平に変えた一撃には両断するだけの勢いなどない。あっさりと池端が受け止めた。

「せいやっ」

さらに止めた木剣を斜め上へと池端が撥ねた。

「わあ」

体重を木剣に乗せていた亨が、重心を崩された。

「ふん」

池端の木剣が翻って亨の左肩を押さえた。

「参った」

亨が降参した。

「もう一本お願いする」

「はい」

亨の望みで刻限ぎりぎりまで稽古試合は続けられた。

「ま、参りましてございまする」

最後の一本を負けた亨が、荒い息を吐いた。

「お疲れさまでござった」

池端が木剣を退いた。

「……勝てませぬ」

亨がうなだれた。

「当たり前でござる。拙者はこの剣だけで三十年生き延びて参った。十歳以上も歳下の貴殿に負けるようでは、困りますぞ」

池端が苦笑した。

「でもまあ、いまどきの侍としては、十二分の腕でござる。そうそう負けることはございますまい」

一応と池端が亨を褒めた。

「どこを直せば、よりよくなりまするや」

謙虚な姿勢で亨が教えを請うた。

「連続技をお捨てなされ。一撃をかわされた後、無理に追撃するのは悪手でござる。最初が見せ太刀で、二撃目が本太刀ならばまだしも、そうでなければ一撃目を放つための体勢が無理な連続技によって崩れてしまいまする」

「では、どういたせば」

告げた池端に亨が問うた。

「外されたと感じたら、後ろへ退く。体勢を立て直すことをまず考えられよ。退いたところを的確に突いてくる敵ならば、どうやっても勝てませぬ。そうでなければ、無理追いになったところをこちらから突けばよろしい」

「絶えず、体勢を整えて戦えと」

「足が地から離れるようであれば太刀は軽くなり、一撃必殺とはなりませぬ。手数を増やすのも一つの技ではござるが、それを身につけるには相当な修練が要ります。城見どのは剣術遣いになられるわけではない。武士として主君を守るならば、前に出てはなりますまい」

「たしかに」

亨は納得した。

主君の危機にその警固を離れて、前線で敵と斬り結ぶ。こちらの数が十分いるときには、勝負をさっさとつけることに繋がるが、そうでなければ守るべき主君の盾が薄くなる。

「城見はん。大叔父はんがそろそろやと」

終わるのを見はからっていたかのように咲江が呼びに来た。

「これまでのようでござる。お教えかたじけのうございました」

深く頭を下げて亨が池端に感謝した。

「なにかあったようだ」

亨の変化を池端はしっかり感じていた。


播磨屋伊右衛門ほどになると、まず徒歩で外へ出かけることはなかった。歳で歩くのが辛いというのも理由としてはあるが、それよりもどこへ行くかと周囲に見られるのを避けたいのだ。江戸の酒を左右するとまで言われている播磨屋伊右衛門の動向を気にする者は多かった。

「よろしいのでございましょうか」

亨が歩くのだ。播磨屋伊右衛門が駕籠をためらった。

「顔を見られるのはよろしくないかと」

亨が首を横に振った。

すでに一部では北町奉行曲淵甲斐守と播磨屋伊右衛門は親しいと見られている。だからといって、堂々と播磨屋伊右衛門が町奉行役宅へ向かうのを教える意味はなかった。

「はい。では、そういたしましょう」

播磨屋伊右衛門が駕籠へ乗った。

「あげるぜ」

「あいよ」

播磨屋出入りの駕籠かきが、声を掛け合って進み出した。

「では、お先に」

播磨屋伊右衛門の供をする手代が、亨に一礼して従った。

「……………」

亨はそれを見送りつつ、周囲の気配を探った。

「なさそうだ」

見張りの目がないことを亨が確認した。

「ではの」

見送りに出ている咲江に亨が手をあげた。

「いってらっしゃいませ。お気を付けて」

「……いってくる」

少し気の早い妻らしい言葉を紡いだ咲江に亨がうなずいた。

四

播磨屋伊右衛門を迎えた曲淵甲斐守は早速話に入った。

「急なことで驚いたであろう」

「はい。ですが、そうなさらねばならぬ状況だと理解をいたしておりまする」

口調に詫びをのせた曲淵甲斐守に播磨屋伊右衛門が応じた。

「話が早いのは助かるぞ」

曲淵甲斐守が播磨屋伊右衛門にうなずいた。

「更迭なさりたいと」

「いや、牧野大隅守を更迭するだけでは、後釜が来るだけだ」

確認した播磨屋伊右衛門に曲淵甲斐守が首を横に振った。

「後釜が来るのも防ぎたいと……まさか、町奉行を一つになさるおつもりでございますか」

「さすがよな」

気づいた播磨屋伊右衛門を曲淵甲斐守が褒めた。

「難しゅうございましょう。町奉行さまが激務だということは、ご老中さまはもとより、わたくしどものような町民も知っておりまする。その町奉行さまを増やすというならばまだしも、減らすなど、まず難しいかと」

播磨屋伊右衛門が否定した。

「尋常の手段ではな。余が上申書を書き、ご老中さまへあげてご合議をいただき、その後上様のお許しをとなれば、うまくいったとして数年、いや十年はかかろう」

「かかりましょうなあ。町奉行所だけでなく、寺社奉行さま、火《ひ》付《つ》け盗賊改《とうぞくあらた》め方《かた》さま、勘定奉行さま、お目付さまと話を通さねばならぬところは山ほどございまする」

利害が絡む相手は多い。それらとの調整だけで気の遠くなるほどの手間がかかる。播磨屋伊右衛門がため息を吐いたのも無理はなかった。

「手順を踏めばの」

「……どうなさいますので」

口の端を吊り上げている曲淵甲斐守に播磨屋伊右衛門が声を潜めた。

「評定所の箱を使う」

「あの箱を……」

聞いた播磨屋伊右衛門が息を呑んだ。

「知ってのとおり、あの箱に入れられた投書は上様が直接披見なさる」

箱には錠前がかかっており、その鍵は将軍が肌身離さず持っていた。

「上様に直訴なさる……」

「無茶を言わぬでくれ。旗本は箱を使ってはならぬのだ。誰か、江戸の町を代表する者が、上様へ町奉行を一人にする利を説くだけだ」

曲淵甲斐守が笑った。

「上様がお認めになれば……」

「すぐに対応が協議されるだろう」

息を呑む播磨屋伊右衛門に曲淵甲斐守が首肯してみせた。

「失礼ながら……」

播磨屋伊右衛門が曲淵甲斐守を見上げた。

「ここでの話は、すべて我々の胸のうちだけに収め、決して外には出さぬ」

なにを口にしても大丈夫だと曲淵甲斐守が保証した。

「よいな、亨」

曲淵甲斐守が亨に釘を刺した。

「出ておりましょうや」

聞いてまずい話ならば、聞かないほうがいい。亨が席を外そうかと播磨屋伊右衛門に尋ねた。

「…………」

「聞かせてくれていい。こやつにはこれからも無茶をさせる。そのときの覚悟を作るためにも、いろいろなことを知っているべきだと思う」

無言で問いかけた播磨屋伊右衛門に曲淵甲斐守が告げた。

「では、遠慮なく」

播磨屋伊右衛門が深呼吸をした。

「失礼を覚悟で申しますが……御当代の上様はすべてをお側の田沼主殿頭《とのものかみ》さまにお任せで、みずから政務をお執りになることはないと伺っておりますが」

将軍は使えないのではないかと、思いきったことを播磨屋伊右衛門が言った。

「……そうだ」

曲淵甲斐守が少し間を置いて認めた。

「今の天下は主殿頭さまが動かしておられる」

「では、上申書も意味がないのではございませぬか」

答えた曲淵甲斐守に播磨屋伊右衛門が驚いた。

「播磨屋ならば知っていよう。今、田沼主殿頭さまにお目通りを願うのが如何《いか》に難しいかを」

「……噂には聞いておりまする」

問いかけられた播磨屋伊右衛門が首を縦に振った。

田沼主殿頭意次は、八代将軍吉宗が紀州藩主から将軍となったとき、国元から江戸へ連れてきた者の子孫である。

九代将軍家重の小姓として召し出された後、小姓番組頭、お側御用取次へと重用され、十代将軍家治にと代替わりした後も寵愛を受け続け、側用人を経て、今年老中格になった。

「主殿頭が申すならば、そうせい」

政に興味を持たない家治は、田沼意次に全幅の信頼を置き、なにがあろうとも任せきりにしている。そのことが知れ渡っているため、家治のことを「そうせい侯」と揶揄している者も多い。

「上様にお願いするより、主殿頭さまにお話を通したほうが早い」

そうなれば、当然のように人は田沼意次へと集まる。

「長崎奉行にわたくしめを」

「領内の街道が大雨で崩れ、とても吾が家だけでは及びませぬ。なにとぞ御上のご助力を願いたく」

旗本や大名の要望はもちろん、

「大奥出入りをお許しいただきたく」

「株仲間に入りたいのでございますが、なかなか既存の店が認めてくれませず」

商家の我欲に満ちた願いも来る。

「どれだけの対価を出せるのじゃ」

また、持参した賄賂次第で田沼意次もこれに応じた。

「金さえ出せば、田沼さまは動いてくださる」

大っぴらにはできないが、こういった評判は拡がる。そのため、田沼意次の屋敷には早朝から深夜まで願いごとを抱えた連中が列をなした。

「ですが、田沼さまはお会いにならぬとも聞いておりまする」

播磨屋伊右衛門が付け加えた。

行列を相手に茶や食いものを売る屋台が出るほどの人数が来るのだ。当たり前のことだが、このすべてに田沼意次が対応することはなかった。

お側御用取次兼老中格という、寸刻も家治の隣から離れられない職務をこなしている田沼意次はよほどのことでなければ出てこず、ほとんどの場合、行列への応対は田沼家の用人がおこなった。

「そのとおりよ。だから、余は箱に頼った」

曲淵甲斐守がうなずいた。

「そうでなくとも町奉行は多忙じゃ。とても主殿頭さまの屋敷前で順番待ちはできぬ」

田沼意次の屋敷では、誰が来ようとも順番を守らせた。

「御三家じゃ」

「加賀の前田である」

こう言って無理矢理割りこむのを認めてしまえば、収拾が付かなくなる。

「お並びいただけぬのであれば、面会はお断りする」

当代きっての寵臣だからこそ言えることであったが、誰でもそれを破っての報復が怖《おそ》ろしい。

「例えば、余の代理として亨を並ばせるというわけにはいかぬ。まず、亨では主殿頭さまにお目にかかれまい」

ときの権力者が、大藩の家老ならばまだしも陪臣と会うことはまずない。

「それに話が話だ。直接主殿頭さまに話さねばならぬ。いかにご信頼厚い用人といえども、人を介せば、余の熱意や真意は伝わらぬ」

「たしかに」

曲淵甲斐守の言いぶんを播磨屋伊右衛門は理解した。

「ゆえに、箱を使った。政に興味のない上様じゃ。なかに入っている上申書はそのまま主殿頭さまにお渡しになろう」

「あり得まする」

一応箱を設置した八代将軍吉宗の決まりに従うと、将軍が一人で鍵を開け、なかに入っているものを読み、対応すべきと考えた場合はそれを小姓番組頭に預け、老中へと渡す。

「すべてを主殿頭に」

箱の鍵さえ開けてしまえば、家治がこうしても問題はない。

「それでも、甲斐守さまが用意された上申書が田沼さまのお目に留まるとはかぎりませんが」

冷静に播磨屋伊右衛門が指摘した。

「それも考えてある。主殿頭さまは金銭に厳しいお方じゃ。町奉行を一人廃止することで浮く費用を執政が自在に使えるようにすれば、より政の速さが増すであろうと書かせてある」

一度息を継いだ曲淵甲斐守が続けた。

「言わずともわかっておろうが、この執政とは主殿頭さまのことじゃ」

「そうだとは存じましたが、乗ってくださいますか」

播磨屋伊右衛門が懸念を口にした。

「……播磨屋、主殿頭さまが難しい立場にあられるということはわかっているな」

「はい」

曲淵甲斐守の質問に一言で播磨屋伊右衛門が答えた。

「権力並ぶ者なしの主殿頭さまだが、後ろ盾は一枚しかない」

「上様だけ」

「ああ。上様が主殿頭さまを重用されて、ついに幕臣最高の老中まで届いた。いや、届くところまで来ている」

「老中格は、ご老中さまではない」

播磨屋伊右衛門が確認を取った。

「そうだ。老中に準じるが、正式な執政ではない。それが今の主殿頭さまだ。さすがの上様も若年寄、京都所司代、大坂城代を経験なされていない主殿頭さまを老中にはできなかった」

曲淵甲斐守が述べた。

幕府最高の老中になるには一応の規定があった。五万石内外の譜代大名で、長崎警固などの負役を課されておらず、若年寄、奏者番、京都所司代、大坂城代などを経験している者。多少の例外はあるが、かつて五代将軍綱吉の寵愛を受けた柳沢美濃守吉保《やなぎさわみののかみよしやす》も老中格で止められている。

「上様としては、信頼を置いている主殿頭さまに幕政すべてを預けたい。しかし、大政委任ともいうべき老中首座にするには、前例が邪魔をする」

曲淵甲斐守が語った。

「前例を破るには、そうしても当然だと誰もが思うだけの手柄をあげればいい。そうであろう」

「なるほど、田沼さまが焦っておられると」

「上様のご信頼にお応えせねばならぬからの」

確かめた播磨屋伊右衛門に曲淵甲斐守が肯定した。

「なにかをするには金が要る。それも賄賂のような表に出せぬものではない、御上から堂々と支給される金が。そして、御上の勘定はすでに慣例でがんじがらめであり、主殿頭さまでも手出しがしにくい」

「金のことで無理をすると、周囲の反発を受けまする」

曲淵甲斐守の言葉に播磨屋伊右衛門が点頭した。

「たかが足高の千俵ていどが浮くだけに見えるが、町方与力、同心で被《かぶ》る役目だとか、内与力だとかも廃止できる。なにより、奉行所の建物が一つですむ。建物を維持するために遣っている金も浮くうえ、呉服橋御門内というよき場所が空く。それだけの利を主殿頭さまが見逃されるとは思えぬ。かならず、上申書をお取りあげになるはずだ。でなくとも興味は持たれよう」

「……さすがでございますな」

曲淵甲斐守の周到さに播磨屋伊右衛門が感心した。

「ですが、それを甲斐守さまにご相談なさる保証はございませんが」

播磨屋伊右衛門が曲淵甲斐守の策にある穴を指摘した。

「それなのだ」

上申書には差出人の記名が必須である。名前と身分と住所を記載していないものは、開かれることなく城中囲炉裏の間で燃やされる。これは匿名での誹謗中傷を避けるためであった。

「さすがに南町奉行所を廃止しろと北町奉行が言うわけにはいかぬ。なにより旗本の上申は禁じられている」

曲淵甲斐守がため息を吐いた。

「主殿頭さまが、余に話をしてみようと思ってくださるようにしたいのだ」

「……先日の襲撃の一件のことは」

苦悩する曲淵甲斐守に播磨屋伊右衛門が訊いた。

竹林一栄が雇った陰蔵は江戸でも指折りの顔役である。それを曲淵甲斐守は亨の活躍によって壊滅させていた。

「あれを利用しようかと思ったが、調べられてはいろいろとまずいだろう」

「たしかに」

言われて播磨屋伊右衛門が気づいた。

なにせ陰蔵を雇ったのは、現役だった北町奉行所筆頭与力の竹林一栄であり、狙われたのは曲淵甲斐守の腹心、亨の許嫁《いいなずけ》なのだ。この事情を知られてしまえば、曲淵甲斐守の経歴に大きな傷が付いた。

「痛《いと》うございますな」

播磨屋伊右衛門が嘆息した。

曲淵甲斐守は大坂西町奉行から江戸北町奉行になってまだ日が浅い。功績らしい功績はないに等しい。唯一の手柄ともいうべき陰蔵のことが使えないとなれば、一年前から南町奉行になっている牧野大隅守に先んじられる。

「なんとか牧野の足を引っ張ることはできたが……」

曲淵甲斐守も難しい顔をした。

端《はな》から話についていけていない亨はもちろん、曲淵甲斐守と播磨屋伊右衛門も黙った。

「……無茶をしてみましょうや」

しばらくして播磨屋伊右衛門が口を開いた。

「どうするのだ」

「ご老中松平右京大夫さまのご命令を見事果たされる」

「それができれば、なによりだが。刺客の話は御上にとって見逃せないことだからの」

播磨屋伊右衛門の提案を曲淵甲斐守は認めた。

「だが、どうするというのだ」

曲淵甲斐守が方法を問うた。

「志村さまにお手伝いいただき、刺客を探しましょう」

「あの浪人がもと刺客であったとは聞いているが、よいのか。かつての仲間を裏切るのは、無頼どもにとって許しがたい行為であろう」

曲淵甲斐守が困惑した。

「たしかに、それはそうでございましょうが、他に方法はございますまい」

そう応じて、播磨屋伊右衛門が亨へと顔を向けた。

「城見さま、町奉行所のお役人を使って、刺客あるいはその斡旋をする親分と称する輩を見つけ出せましょうか」

「見つけ出すだけならばできましょう」

尋ねられた亨が首肯した。

「捕まえることはできないと」

「できますまい。ああ、言い忘れておりますが、刺客は見つけることさえできますまい」

確認してきた播磨屋伊右衛門に亨は足した。

「刺客は溶けこんでおると」

「はい」

播磨屋伊右衛門の言葉を亨が認めた。

「……………」

今度は播磨屋伊右衛門はなにも言わなかった。

志村をもと刺客だとは気づかずに受けいれたのだ。播磨屋伊右衛門が言葉を失ったのも当然であった。

「亨、そなたでも無理か」

曲淵甲斐守が亨に刺客を探せるかと尋ねた。

「わかりませぬ。なにぶんにも刺客という看板をあげているわけではございませぬので」

亨が首を左右に振った。

「できぬとは言わぬのだの」

「やってみなければ、駄目だとも申せませぬ」

ほうと口を少し開いた曲淵甲斐守の驚きに、亨は応えた。

「少し肚が据わったか。あまり余裕はないが、どれくらいで駄目か、なんとかなるかがわかる」

「まず三日くださいませ」

「短いの。それでよいのか」

亨の願いに曲淵甲斐守が目を大きくした。

「三日で匂いさえ嗅《か》げなければ、お詫びをいたしまする」

曲淵甲斐守から江戸の闇を取り仕切れと言われている。なにもせずに無理と言うわけにはいかなかった。

「よかろう。明日より三日、出仕に及ばぬゆえ、自在にいたせ。播磨屋、その間、城見を預かってくれるか」

許可した曲淵甲斐守が播磨屋伊右衛門に頼んだ。

町奉行所で曲淵甲斐守のことをしていると一日で使えるのは半分に満たなくなる。なにより常盤橋御門の内では、闇が蠢《うごめ》く夜間の身動きができない。

「承知いたしましてございまする」

播磨屋伊右衛門が引き受けた。

五

吉原は江戸の中心から遠い浅草寺《せんそうじ》の向こう、日本堤にあった。もともとは江戸城大手門から近い日本橋葺屋町《ふきやちょう》にあったが、お城近くに不浄の場所があるのはよろしくないという幕府の考えで、明暦の大火のあと日本堤へと移された。遊びに行くのが遠くなる。これは遊郭にとって死活問題であった。吉原は幕府の出した移転命令を受けいれる代わりに、条件をいくつか出した。

その一つが昼夜営業の許可であった。

もともと江戸における武士の数がはるかに女よりも多かったことで、血の気の収まりが付かず暴れる者たちが続出、その圧力を緩和させるべく吉原という遊郭が認められたようなものだ。門限のある武士を客として迎えるのを想定していたため、泊まりの営業は禁じられてきた。しかし、武士の時代が終わり、金を持った庶民の世となるとこれでは不都合である。非番の日に遊べばいい武士と違い、町民は日のある間働いて金を稼ぎ、日が落ちてから遊ぼうとする。となれば、日が暮れると営業を終了する吉原には行きにくい。どうしても法度の外にある岡場所が流行《はや》る。

これに危機感を持った吉原は、移転を機に昼夜営業を求め、実状を理解していた幕府もこの条件を呑んだ。

吉原は遠くに追いやられる代わりに、町人の客を増やすことに成功した。

主たる客が町人になったとはいえ、その創立の由来は重く、武士でも身分のある者は、遠くとも吉原まで遊びに行く。もっともこれは岡場所で女を抱いているときに、町奉行所の検めがあってはたまらないというのが実際であった。

「御用検めじゃ」

遊女の上で腰を振っているときに踏みこまれては、恥ではすまない。もちろん、町奉行所は武士に対してなにもできないため、御法度の遊女を相手にしていても咎められることはもちろん、捕まえられることもない。ただし、身分が証明できたらの話である。

「拙者は何々家の臣である」

自ら名乗ったところで、そんなものは無意味であった。捕まえられたくない者が偽りを言うなど当たり前のことである。

「では、問い合わせを」

町奉行所は小者を走らせて、主家に問い合わせる。

「まちがいなし。当家の者じゃ」

こう言ってもらえば、なんの問題もなく解放される。当たり前のことだが、屋敷に帰ってからの叱責は受ける。

「そのような者はおらぬ」

家名を重んじる大名や旗本のなかには、問い合わせを否定するところもある。捕まったのが家臣だとわかっていて、見捨てるのだ。

こうなれば哀れである。主家が否定した者は武士ではなく、浪人になる。浪人は町奉行所の権限の範囲になり、縄目をうって大番屋へ連れて行かれても文句は言えない。そもそも岡場所の摘発は、見世の主と働いている女を罰するためのもので客は厳しい説教を受けるくらいで結局は解放される。が、主家から見捨てられては帰る場所はない。

便利だから、金が安くすむからと御法度の遊女を相手にしたため、先祖代々受け継いできた禄を失う。そんな目に遭ってはたまらないと少し余裕のある武家は足を延ばして吉原へ遊びに行った。

牧野大隅守の用人は吉原大門を通り、馴染《なじ》みの揚屋の暖簾を潜った。

「これは白川さま。ご無沙汰をいたしておりやす」

揚屋の男衆が腰を屈めて出迎えた。

「武蔵《むさし》か。久しいの」

「いつものあさひさんをお呼びしやすか」

男衆が白川馴染みの遊女の名前を出して訊いた。

「後でよい。少し主と話がしたい。呼んでくれ」

「へい。では、お座敷へ」

武蔵と呼ばれた男衆が白川を二階の奥座敷へと案内した。

「お酒と肴は、いつものように」

「ああ」

武蔵に確認された白川が首肯した。

「では、少しのお待ちを」

すっと襖を閉めて、手配のために出ていった。

「御免をくださいませ」

しばらく用意された酒を手酌で呑んでいた白川の部屋へ初老の男が顔を出した。

「おう相生屋《あいおいや》、すまんの」

白川が盃《さかずき》を置いた。

「いえ、なにやら御用と武蔵から聞きました」

「まずは、一献いこう」

白川が銚子を差し出した。

「これは、ありがとう存じまする」

断るまねもせず、主が酒を口にした。

「……ごちそうさまでございました」

飲み終えた盃を置いて、主が姿勢を正した。

「お話がおありだそうで」

「…………」

促した主に白川が黙った。

「…………」

遊女を呼び出して食事をし、寝床を共にする。そのための場所を貸すのが揚屋の仕事である。別段、話題を用意して座を盛りあげずともよい。じっと客の話し出しを待つのは得意であった。

「……相生屋、ここに来る客にはいろいろな者がおろう」

「はい。いろいろな方が、お出でくださいます」

確認した白川に相生屋がうなずいた。

「江戸の顔役もか」

「顔役と申されましても、自らそうだと名乗られるわけではございませんので」

具体的な問いを発した白川に、相生屋が困惑した顔をした。

「名乗らずともわかろう」

「闇に触れられるおつもりでございますか」

白川の態度に相生屋が表情を消した。

「やむを得ぬ事情がある」

苦い顔で白川が応えた。

「吉原は、お客さまにとって一夜の夢をお売りしております。ご身分、ご財力にかかわりなく、ちょうだいするお代に値するだけの夢をお見せする。その夢売りがこのようなことを申しあげては興ざめと承知しながらのことでございますが……白川さまは南町奉行牧野大隅守さまの御用人さまでいらっしゃいます。そのお方が闇と付き合うなど……」

相生屋が踏みこんだ。

揚屋は現金商いをしない。これにはいろいろな理由があった。

その大きな一つは吉原通いをする客を狙った盗賊が頻発したことであった。治安がよく、人通りも多い日本橋葺屋町から、江戸の外れ日本堤へ移された吉原は、盗賊にとって格好の稼ぎ場所になった。

さすがに大門のなかは吉原の男衆が警戒しているため、掏摸《すり》を働くことさえ難しいが、一歩出てしまうと客の守りはなくなった。さらに客は遊ぶために懐に金を持っている。こんなおいしい獲物を盗賊が見逃すはずもなかった。

「客が減る」

これも吉原にとって死活問題であった。

「金さえなければ、襲うまい」

獲物が金を持っているかどうかを見抜くのも盗賊の技能である。懐中無一文とまではいかなくとも、行き帰りの駕籠賃くらいしかなければ危険を冒してまで襲う意味はなくなる。

結果、吉原は馴染み客に掛け売りを始めた。

もちろん、掛け売りをしても大丈夫だとわかるまで調べあげる。

貸座敷の費用、遊女の揚げ代、飲み食いの代金、心付けまで肩代わりする揚屋である相生屋は白川の素性をよく知っていた。

「わかっておるわ」

白川が一層苦い顔をした。

「ご存じだと……」

名前を出さずに相生屋が牧野大隅守も承知のうえかと問うた。

「言わせるな」

暗に牧野大隅守の指図だと白川が告げた。

「さようでございますか」

そのあたりの腹芸ができないようでは、吉原で見世をやっていけない。相生屋がうなずいた。

「鈴屋《すずや》さんというお客さまがお出でになりまして」

「何者だ、そやつは」

相生屋の出した名前に白川が訊いた。

「室町で駕籠屋を営んでおられます」

「……そんな場所で闇が」

白川が驚いた。

室町は江戸城に近く、まさに江戸の中心地であった。

「古いお店ほど、いろいろとお付き合いがございますので」

「むうう」

白川が目を剝いた。

「お止めになりまするか」

「大丈夫なのか」

問うた相生屋に白川が確認した。

「お口は堅《かと》うございますよ。でなければ、知られることなく代々そういったお仕事を続けてこられるわけもございませぬし」

「代々……」

白川が息を呑んだ。

「聞きますれば、陰蔵とかいう者が北町奉行さまによって排除されたとか」

「ああ」

「一代で成り上がった者だからこそ、派手に仕事をし、手広く客を求めたので、世間に知られてはいけない名前が出てしまった。出る杭は打たれるというやつでございますな」

相生屋が小さく笑った。

「なるほど」

「老婆心までに申しあげますが……仕事をやらせた後、鈴屋を捕まえようなどとは

お考えになられぬように。老舗というのは、どこと付き合いがあるか、わかりませ
ん」

「脅す気か」

釘を刺された白川が相生屋を睨んだ。

「それでよろしゅうございますか」

「頼む」

「では、しばらくお待ちを」

「今日会えるのか」

「はい、ちょうどお見えになられてますので。お話をして参ります」

「それは助かる。少しでも早いほうがいい」

相生屋の言葉に白川が安堵《あんど》した。

「頼む」

白川が相生屋を送り出した。

「……武蔵」

座敷を出た相生屋が男衆を呼んだ。

「へい」

先ほど白川を案内した男衆が近づいてきた。

「出てこないように見ておきなさい」

顎で相生屋が白川の座敷を示した。

「わかりやした」

男衆が理由を問わずに首肯した。

「伊豆《いず》はどこだ」

「台所におりやした」

武蔵が答えた。

「台所だな」

相生屋が階段を下りた。

「伊豆、ちょっと来なさい」

「……すぐに」

白ご飯に塩だけの晩飯を掻っこんでいた伊豆と呼ばれた初老の男衆が箸《はし》を投げ出すようにして立ちあがった。

「ちょうどいいな。伊豆、おまえは今から室町の駕籠屋の主鈴屋……名前をなににしようか、そうだな、三右衛門《さんえもん》だ」

「は、はあ」

伊豆が怪訝な顔をした。

「代金の形に取りあげてた着物があったろう。あれに着替えろ。あと、誰かに髭と月代《さかやき》を剃らせろ。いいか、こういうことだ」

相生屋が伊豆に事情を語った。

「鈴屋さまにあっしが化けると」

「そうだ。もちろん、室町に鈴屋なんぞない」

「大丈夫なので。白川さまが確認に行かれるのでは」

伊豆が懸念を表した。

「一応の釘は刺してある。が、おめえも仕事を引き受ける代わりに絶対調べようとするなと念を押しておけ」

相生屋が述べた。

「白川さまを騙すと」

「騙すんじゃないよ。面倒に巻きこまれたくないだけだ。刺客業なんぞ、そうそう見つかるわけない。見つかるようなら、簡単に町奉行所から潰されている」

「たしかに」

伊豆が首を縦に振った。

「その町奉行の用人が、主の命で刺客を探す。碌《ろく》なことじゃないだろう」

「でございますね」

「うちにはそういった連中も来ないわけではないが、町奉行の用人を紹介なんぞしてみろ。売られたと思われるだけだ。そうなったら、命はない。たとえ、刺客がその仕事を引き受けたとしても、今度は事情を知る者として町奉行に目を付けられる」

「得にはなりやせんな」

相生屋の考えに伊豆が点頭した。

「ですが、旦那。引き延ばしていると白川さまのお怒りを買いやせんか」

「買うだろうな。だからそれまでにこちらから売る」

伊豆の疑問に相生屋が答えた。

「売る……どちらに」

「うちの上得意、播磨屋さんだ。播磨屋さんは北町奉行の曲淵甲斐守さまと親しいという。あのお方ならば、うまくなさるだろう」

尋ねた伊豆に相生屋が告げた。

第四章　それぞれの狙い

一

一夜評定所で保管された箱は、評定所番の目付によって本丸へと運ばれた。

「お箱通りまする」

お城坊主が先導していく後ろを評定所番目付は、箱を目の上に掲げて上の御用部屋前まで運ぶ。

「お箱でござる」

「たしかにお預かりいたした」

評定所番目付から月番老中に箱が預けられる。

「お箱を御披見いただく」

一度受け取った月番老中は、そのままお側御用取次へ箱を渡し、お側御用取次はそれを御用部屋坊主らの手を経て、小納戸頭取《こなんどとうどり》部屋に持ちこむ。そこで坊主たちを遠ざけ、お側御用取次自らが箱を抱えて進み、お休息の間下段中央に置く。

「下がれ」

箱の前に手を突いたお側御用取次が小姓たちを下段の間から次の間へと下げる。

「うむ」

それを見た十代将軍家治が立ちあがり、首からかけた鍵を出して箱を開ける。

「名前なし」

無記名のものを家治が箱の横に置かれた盆の上へ載せていく。

「……これだけだの」

記名のある上申書を家治が、控えているお側御用取次の前に出した。

「主殿頭へさせよ」

どれ一つ開くことなく、家治が命じた。

「はっ」

お側御用取次が上申書を受け取って、平伏した。

「……上様より、主殿頭さまに任せると」

お休息の間を下がったお側御用取次が田沼意次へと上申書を渡した。

「承ってござる」

上意である。一代の寵臣といえども神妙な態度で扱わなければならなかった。

「黒書院溜におる。上様のお召しがあれば、ただちに報せよ」

「承知いたしております」

君側の臣とはいえ、田沼意次の機嫌を損ねればそれで終わる。老中と対等の口を利けるお側御用取次も、田沼意次の威勢には勝てなかった。

「…………」

老中が使える密談の場、黒書院溜は狭い。そこに一人で入った田沼意次は上申書を開いた。

「長崎運上をもっと増やせば、幕府の収入が増える……か。そんなことわかっておるわ。しかし、それを長崎会所が認めるはずもなし」

最初の上申書に田沼意次が鼻を鳴らした。

鎖国を命じた幕府だったが、すべての港を閉じることはできなかった。海外でなにが起こっているかを知らないというのが、どれほど怖ろしいかを幕府開闢《かいびゃく》のころの将軍や老中は理解していた。

新しい武器が南蛮で作り出されても、国を完全に閉じていればそれを知ることはなく、侵略を受けたときにはまともな抵抗さえできずに敗退する。

戦国のころ鉄炮《てっぽう》や大筒などの新兵器の威力を肌で感じてきただけに、キリスト教を全面禁止するには海外との交流を断つことが最良だとわかっていながらできなかった。

そのために長崎の出島が作られた。

キリスト教の布教より交易の利を重要視したオランダと、古来から付き合いのあった唐だけが出島に出入りできた。

海外との交易は儲《もう》かる。海外では生産できないもの、採取できないものなどは、国内で馬鹿らしくなるほどの値で売られる。もちろん、海外では二束三文のものを国内にはないという理由で高値で買わなければならないが、それでも儲けは大きい。

その海外との交易を一手に引き受けているのが長崎であり、その長崎を牛耳っているのが会所であった。

会所に加わっているのは長崎でも名の知れた豪商ばかりである。幕府の許可を得て、長崎奉行の差配のもと交易をおこなっている。当たり前のことだが、幕府がその利を見逃すはずもなく、会所に運上を命じていた。

その運上が途轍《とてつ》もなく、年に十万両ほどの金額が納められていた。言うまでもないが、それだけ納めても儲かるから商人たちは払うのだ。

「利を減らせば、かならず商人どもは、反発する。金額をごまかしたり、抜け荷をしようとしたりする。それを取り締まるだけの人員を長崎奉行は持っておらぬ。持っていたところで、商人たちに飼われておるのだ、真面目に取り締まるはずもない。海外交易の利が大きいと知っておるならば、運上を増やすのではなく、幕府が直接交易をおこなうべきだという意見を出さぬか」

田沼意次が独りごちた。

成り上がりと言われても仕方のない田沼意次には、政敵が多い。譜代で老中を出せる家柄の大名だとか、徳川の一門たる御三家や名門大名などが、小身から家治の寵愛だけで出世してきた田沼意次への反発を持っている。

普段は表だって敵に回るようなまねはしないが、これは話が違った。

「国を閉じるは、徳川の祖法である。その祖法を破り、御上が率先して異国と遣り取りするなど、論外である」

「御上が交易で利を得る。商人のまねごとを御上にさせる気か」

大義名分を掲げた連中が、それみたことかとばかりに責めたててくる。

「矢面に立つだけの気概さえない者が書いたものなど、取りあげるに値せぬ」

田沼意次が上申書を破いた。

「次は……」

読み始めた田沼意次が徐々に真剣な表情になった。

「……町奉行を一つにするか」

田沼意次が腕を組んで思案に入った。

「……ふむ」

上申書を読みあげた田沼意次が口の端をゆがめた。

「たしかに町奉行所でもっとも働いておらぬのは町奉行じゃ。町奉行は与力が経験を積んだからといって、成り上がれるものではない。町方は特殊じゃ」

田沼意次は町奉行所に属する者たちのことをわかっていた。

「町奉行所を一つにまとめても、減るのは町奉行とその面倒を見る一部の者たちだけで、実際に働く与力、同心はそのまま。よいかも知れぬ。たしかに町奉行一人を減らしたところで、浮く金は微々たるものだが使い道が決められてないというのが、よいではないか」

上申書を田沼意次がていねいに折りたたんで懐へ入れた。

「上様のご一任もいただいておる。考えるだけの価値はありそうだ」

田沼意次が次の上申書へと手を伸ばした。


吉原の男衆たちが大門から出るときは、かならず見世の名前の入った半纏《はんてん》を身につけていなければならなかった。女を食いものにして生きている吉原での男は地位が低い、いや価値がない。扱いも相応に悪く、食事は一日二度、それも白飯に塩と具のない糠味噌汁《ぬかみそしる》だけしか供されない。おかずなんぞ、客が食い残した肴があれば涙が出るほどの馳走になる。仕事は年中休みなしで、朝は早発ちの客より先に起き、夜は大門が閉まった子《ね》の刻《こく》をこえて片付けが終わるまで眠れない。夜具はなくて板の間にごろ寝、給金などは出ずに客からもらった心付けを分け合うだけ、と劣悪を通りこしている。

それでも男衆になりたがる者はいた。

凶状持ちを始めとする盗人など、罪を犯した者たちであった。

一度でも悪事に手を染めた者に世間は冷たい。ちゃんと奉行所に捕まって罪を贖った者にでも、住むところはもちろん働く場所も与えず、ひどいときはものさえ売らない。こうして罪を犯した者を遠ざけることで、地域の安全を図るのだ。

こうした行き場所のない者、あるいは捕まれば首が飛ぶと逃げ回っている者が最後に頼る場所こそ吉原であった。

吉原は苦界であり、世間ではない。大門から向こうに住み着いた者は、死んだと同じ扱いになり、人別から抜かれる。つまり、町奉行所でも吉原の男衆になった者が人殺しであっても手出しはできないのだ。

もちろん、これは吉原のなかだけのことで、一歩大門を出てしまえば、その庇護は受けられなくなる。ただし、吉原の看板代わりである半纏を身につけていれば、見逃された。

「外でなにかしでかしたら、大門内にも手入れをする」

「その場合は、かならず吉原が責任をもって、そいつを片付けまする」

町奉行所と吉原による暗黙の了解であった。

揚屋相生屋の半纏を着た武蔵が掛け取りの風を装って、播磨屋の勝手口を訪れた。

「相生屋でございまする。播磨屋さまにこれを」

吉原の男衆は店の表から出入りはできない。武蔵が勝手口に声をかけた。

「……相生屋さんか。はて、ここ最近主はお嬢様の目があると吉原へ出かけておられないはずだが……」

書付を受け取った手代が首をかしげた。

「なかを御披見いただきますよう」

武蔵が丁重に願った。

「返事は要るのかい」

「お願いできましたら」

「伺ってこよう」

「ありがとう存じまする」

深々と武蔵は頭を下げた。

吉原の掛け取りはかなり手厳しい扱いを受けるのが常であった。

「こんなに飲み食いしたはずはない」

「一度しかさせないくせに、一夜の揚げ代を請求するとは悪辣《あくらつ》にもほどがある」

そのとき楽しく遊んだくせに、支払いとなると渋る客は多い。

「どうせ、上乗せしているんだろう。これだけでいいだろう」

「払えないから帰れ」

勝手に値引こうとしたり、手で追われるなど犬のような扱いを受けることもある。

しかし、それで吉原に帰ったらもっと厳しい折檻《せっかん》が待っていた。それだけに掛け取りは辛抱強く、相手も怒らせないようにしながら交渉した。

「……吉原の相生屋さんから、書付かい。はて、わたしは行ってないが……どなたかお得意さまがお使いになられたかの」

手代から話を聞いた播磨屋伊右衛門が首をかしげた。

「何人かのお留守居役さまとかには、いつでも相生屋でお遊びくださいと申しているけど、黙っているのはどうかと思うが……」

播磨屋伊右衛門が書付を開いて目を通した。

「…………」

読み終わった播磨屋伊右衛門が険しい表情になった。

「城見さまは、お出でかい」

待っていた手代に播磨屋伊右衛門が訊いた。

「先ほどまで、裏で剣術の稽古をなさっておられましたが……」

「来てもらっておくれ。あと、相生屋さんの使いの者に、今夜行かせてもらうと伝えなさい」

「へい」

手代が下がっていった。

「あまり賢いお方ではなかったようでございますな」

播磨屋伊右衛門が書付に記されていた南町奉行の名前に語りかけた。

汗を拭きながら亨は播磨屋伊右衛門のもとへ顔を出した。

「お呼びと伺いました」

「すみませぬな。ご熱心の最中に」

「いえ、腕が鈍らぬよう振っていただけで」

詫びる播磨屋伊右衛門に亨が手を振った。

「城見さま、これからなにかご予定がございましょうか」

「今からでございまするか。いえ、別段」

訊かれた亨が首を左右に振った。

「では、少しわたくしにお付き合いをいただいても」

「かまいませぬが……どちらへ」

「吉原まで参りまする」

「それは……」

婚姻が決まったばかりで遊郭はまずい。そうでなくとも咲江は普通の武家の娘と違い、じっと黙って耐え忍ぶという性質ではなく、大声で亨をなじるほうである。

「女郎買いではございませぬ。お奉行さまにかかわることで話を訊きに行くのでございますよ。前も申しましたが、吉原ほど話が外へ漏れないところはございませんので」

勘違いした亨を播磨屋伊右衛門が宥めた。

「それは恥ずかしいことを申しました。喜んでお供をいたしまする」

亨が頭を下げた。

二

田沼意次は、南北両奉行と個別に会うことにした。

「忙しいところを悪いの」

やはり黒書院溜を田沼意次は使った。

「いえ。とんでもございませぬ。主殿頭さまのお呼び出しとあれば、なにをおいても参上仕りまする」

最初に呼び出されたのは牧野大隅守であった。

「町奉行は忙しいようじゃの」

「このようなことを申しあげるのははばかりながら、町奉行は激務でございまする」

水を向けられた牧野大隅守が胸を張った。

「大隅守は、たしか勘定奉行もいたしておったの。勘定奉行に比してどうじゃ」

「勘定奉行もたしかに多用でございましたが、町奉行のほうがいささか上ではないかと感じておりまする」

「ほう、それはどこが違う」

田沼意次が問うた。

「勘定奉行でしたら、それぞれが担当する範囲が決まっておりました。たしかに書付などは多く大変ではございましたが、やることは繰り返しでございまして、慣ればさほどの苦労はございませんでした。しかし、町奉行は罪を犯した者の追捕から火の用心、物価の統制、町触れの発布と周知など、やることは多岐にわたりますゆえ」

「ふむ。では、町奉行を勘定奉行のように増員すればよいのか。一人は火の用心、一人は物価、一人は町触れというように。ああ、罪を犯した者どもの追捕は皆の仕事とするが」

「人を増やしていただければ、なによりでございまする」

牧野大隅守が賛成した。

「わかった。とはいえ、ことがことじゃ。御用部屋にもはからねばならぬし、上様のお許しも要る。奉行所の建物も按分《あんぶん》いたさねばならぬ。うまくいくとは言えぬぞ」

「わかっておりまする。主殿頭さまのお情けにすがるだけでございまする」

厳しいと言った田沼意次に何度も頼みながら、牧野大隅守が黒書院溜を出ていった。

「次は曲淵甲斐守か」

お城坊主に指示をして、田沼意次が曲淵甲斐守を呼び寄せた。

「お呼びと伺いましてございまする」

曲淵甲斐守が黒書院溜の外で手を突いた。

「とにかく入れ。そこでは話が遠い」

田沼意次が曲淵甲斐守を手招きした。

「さて、忙しい……」

先ほどの牧野大隅守にしたのと同じ質問を田沼意次が曲淵甲斐守へした。

「町奉行の職務は、上様のお膝元を揺るがさぬようにいたすことと存じておりまする。そのためならば、忙しいなどとは思いませぬ」

曲淵甲斐守が牧野大隅守の多忙自慢とは違った答えをした。

「ふむ。町奉行の数は足りておるか」

「十分だと存じまする。もし、増員をお許しいただくとあれば、与力、同心をお願いいたしたく」

「なぜじゃ」

田沼意次が曲淵甲斐守の要求の理由を尋ねた。

「奉行などは実務で役に立ちませぬ」

「ほう、ではなんのために奉行はある」

すっと田沼意次の目が細くなった。

「奉行は配下を把握し、町奉行所を一つにまとめるためといざというときの責任を取るためにおるとわたくしめは考えておりまする。ですので、配下の者たちへの負担を軽減していただくことが、よりよい町奉行所の活動に繋がると思い、お願いさせていただきました」

曲淵甲斐守が語った。

「そなたの話だが、極論を言えば奉行は不要であると」

「あまりにも現実離れしておりますが、ご老中さまがご兼務なされても問題はないかと」

厳しい声で念を押す田沼意次に曲淵甲斐守が述べた。

「ご苦労であった。もう、よいぞ」

「はっ。では、失礼をいたしまする」

田沼意次に手を振られた曲淵甲斐守がすっと一礼をして、黒書院溜から去っていった。

「あやつじゃの。この上申書の裏におるのは。あれほど的確に応じればわかるわ」

田沼意次が確信した。

「使えるか……駄目ならば捨てればよい」

新しい道具を手に入れたと田沼意次が呟いた。


亨と播磨屋伊右衛門は夕刻、駕籠で出かけることにした。

「この歳で浅草田圃の向こうまでは厳しゅうございます。かと申しまして、わたくしが駕籠で城見さまにお歩きをいただくわけには参りませぬ」

歩くと言った亨を播磨屋伊右衛門が説得した。

「ですが、駕籠のなかではいざというときの動きが……」

「大事ございませぬ。志村さまにお供をお願いしております」

二の足を踏んだ亨に播磨屋伊右衛門が告げた。

「それこそ……」

友人と言って差し支えない志村を歩かせるのは気が進まないと言いかけた亨だったが、その先を制された。

「用心棒の仕事を奪うんじゃねえよ」

志村が苦笑した。

「……わかった」

ようやく亨は納得して、駕籠に乗った。

「お帰りにならはったら、ゆっくりお話を聞かせておくれやすな」

笑っていない目で咲江が亨を送り出した。

「…………」

「大変だな。女房持ちは」

志村が忍び笑いをした。

「笑うな」

亨が志村を睨んだ。

「家を残さなきゃいけねえ武士は辛いの。その点、明日知らずの浪人ものは気楽でいい。女が欲しければ岡場所へ行けばいい。雇い主の用がなければ、朝から飲んだくれていても、昼まで寝ていても文句は言われない」

「それだけ聞くとうらやましいが……先がなさすぎる」

「……ああ。すべては自己の責任だ。働けなくなって飢えて死ぬのも浪人の勝手よ」

浪人の利を否定された志村がうなずいた。

「ご安心を。志村さまと池端さまのご面倒は、播磨屋で請け負います。これだけ貢献していただいて、用がすんだらさようならでは、奉公人たちへの示しがつきませんから」

播磨屋伊右衛門が口を挟んだ。

「それはありがたい」

「ですので、嫁取りをなさってくださってよろしゅうございますよ」

喜んだ志村に播磨屋伊右衛門が話しかけた。

「嫁は勘弁してくれ。好き勝手したいがために浪人をしているのだ。女房の尻に敷かれる気はない」

「残念だ。仲間ができると思ったのだが」

首を横に振った志村に亨が嘆いてみせた。

馬鹿話をしている間に、駕籠は吉原に着いた。

「ご苦労さま。帰りもお願いしたいから、その辺で一杯やって待っていてくださいよ」

「へい。これはどうも」

酒手を渡した播磨屋伊右衛門に駕籠かきが鉢巻きを取って、礼を言った。

「さて、大門を潜りましょう」

播磨屋伊右衛門が先頭に立った。

吉原の大門から内側は往診に来た医者以外、乗りもの禁止である。たとえ大名でも大門前で駕籠を降り、見世まで歩くのが決まりであった。

「……どうしたい、吉原は初めてか」

辺りを見回している亨に志村が驚いた。

「長く大坂だったのでの。初めてではないが吉原にはなじみが薄い」

亨が答えた。

「どうでございますか、大坂と比べて」

播磨屋伊右衛門が興味を見せた。

「こちらのほうが、大きいな。そして大坂のほうが派手派手しい」

亨が告げた。

「派手派手しいとはどういう風にでございましょう」

「客引きの声が数倍多いな。女も客を引きに出てくるし。こちらのように三味線だけではなく、笛も太鼓も囃したてていた」

具体的にどうかと訊かれた亨が思い出した。

「ああ、最大の違いは客だな」

「さよう。客の値切りがこちらではあまり聞こえぬ。大坂では一文でも安くと客が声を張りあげて交渉していた」

「大坂らしいことでございますな」

亭の説明に播磨屋伊右衛門が笑った。播磨屋伊右衛門は灘の酒蔵と付き合いがあり、何度も上方へ行っている。亭の感想に首肯していた。

「どうも合わねえなあ。安いほうがありがたいといえばそうだが、己が今から抱こうという遊女の値打ちを下げるじゃねえか」

志村が嫌そうに頬をゆがめた。

「そこも地方の色というものなのでございますよ」

「女郎買いなんぞ、端から色事の話であろうに」

間を取り持とうとした播磨屋伊右衛門に志村が苦笑した。

「ここでございまする」

「おいおい、三浦屋《みうらや》じゃねえか」

「なんとも見事な造りの見世でござるな」

「客が違う」

播磨屋伊右衛門が案内したのは、吉原でもっとも大見世な三浦屋四郎右衛門《しろうえもん》であった。

「これは播磨屋さま」

見世の前に立っていた男衆がすぐに気づいた。

「茶一《ちゃいち》さん、ご無沙汰してますね。三浦屋さんのご都合はどうだろうか」

「訊いて参りまする」

すばやく茶一と言われた若い男衆が見世の奥へと消えた。

「どうぞ、こちらへ」

戻ってきた茶一が播磨屋たちを見世の表から、脇の辻へと連れて行った。

「畏れいりまするが、こちらからお願いをいたしまする」

勝手口からで申しわけないと茶一が謝罪した。

「いや、いいよ。三浦屋さんがそう言ったのだろう」

播磨屋伊右衛門がかまわないと応じた。

「ありがとうございます。あちらの東屋で主がお待ち申しあげておりまする」

「……わかったよ」

東屋は庭の中央に建っている。信頼の置ける配下を周囲に配すれば、盗み聞きされる心配がない。よほどの話があるのだろうなと播磨屋伊右衛門が緊張した。

「お邪魔しますよ」

播磨屋伊右衛門が亭と志村を従えて、東屋へと入った。

「ようこそおいでくださいました。まずは一服」

あいさつもなしで、三浦屋四郎右衛門が茶を点《た》て始めた。

「どうぞ」

三浦屋四郎右衛門が茶碗を差し出した。

「ちょうだいいたしまする」

播磨屋伊右衛門が一礼し、見事な姿で服した。

続けて亭と志村にも茶が饗された。

「失礼をして、わたくしも」

最後に己のための茶を三浦屋四郎右衛門が点てた。

「お見事なお手前でございました」

「馳走でございました」

「かたじけなし」

播磨屋伊右衛門がていねいに腰を折り、亨と志村がそれに倣った。

「お粗末さまでございました」

きれいな姿勢で三浦屋四郎右衛門が応礼した。

「旦那」

東屋の外から茶一が呼びかけた。

「通し」

感情のこもらない声で三浦屋四郎右衛門が許可した。

「ごめんくださいませ。ご無沙汰をいたしております」

入ってきたのは揚屋相生屋の主であった。

「三河屋さんのお席以来ですから、三年ぶりですかな。あの折は楽しませてもらいました」

播磨屋伊右衛門が微笑んだ。

「こちらこそお出でいただきありがとうございました。粗相がなかったかと危惧《きぐ》いたしております」

「いえいえ」

安堵する相生屋の主に播磨屋伊右衛門が手を振った。

播磨屋ほどの大店、その主が登楼したというだけで、見世の格が上がる。相生屋が喜んだのも当然であった。

「三浦屋さん」

そろそろ理由を聞かせて欲しいと播磨屋伊右衛門が求めた。

「はい。相生屋さん」

三浦屋四郎右衛門が相生屋に合図した。

「じつは先日……」

相生屋が語った。

「……ほう。わたくしを殺せと」

播磨屋伊右衛門が目を細くした。

「そのようなことが許されるはずはない」

亨が憤慨した。

「ほう」

志村が声を低くした。

「播磨屋さまは、当見世のお馴染みさまでございまする。その大切なお方を害しようという話が耳に入っては放ってもおけませぬ。明日にでもお出でを願おうとしておりましたところ、お見えいただきよろしゅうございました」

三浦屋四郎右衛門が安堵の息を吐いた。

「では、相生屋さんは」

「はい。三浦屋の出見世でございまする」

播磨屋伊右衛門の疑問に三浦屋四郎右衛門がうなずいた。

揚屋は吉原を始めとする格式の高い遊郭の特徴であった。

線香一本燃え尽きるまでの時間をいくらと定め、その本数に合わせて身体を開く最下級の遊女は別にして、一夜買い切りになる遊女は見世ではなく、揚屋に呼ばなければならない決まりであった。

もちろん、かなりの馴染みとなり、相当な金を遣った客などは、遊女が己の部屋へ招くこともあるが、これは滅多になかった。

客が揚屋に入り、そこから馴染みの遊女に声をかける。揚屋には遊女がおらず、客はそこで呼んだ遊女を抱き、酒を呑み、風呂に入る。いわば、揚屋は貸座敷であった。

また、初めて吉原へ来た客は、やはり揚屋を訪れるのが作法とされていた。そこで好みの女を伝えて、敵娼《あいかた》となる遊女を紹介してもらう。

一度敵娼を決めた客は、他の遊女に手出しできないきまりの吉原で、揚屋の仲介は大きい。大店の息子など、金に糸目をつけない客を摑めれば、かなりの売り上げに繫がる。

遊女屋にとって揚屋は大切な商売相手であった。

「なるほどね。揚屋を三浦屋さんが営むわけにはいかないから、相生屋さんに預けていると」

播磨屋伊右衛門が納得した。

別段、遊女屋が揚屋を経営しても問題はないが、客の取込にもなるため、三浦屋や吉原創始の名見世西田屋などがするのは外聞が悪かった。

「断らなかったことを感謝しますよ」

「いいえ。断って他に行かれては、よろしくございませぬので」

播磨屋伊右衛門の感謝に相生屋が当たり前のことだと手を振った。

「いかがいたしましょう。一応、鈴屋というありもしない刺客の親方を作り出しておきましたが……」

相生屋が播磨屋伊右衛門の意向を訊いた。

「いや、よくしてくださいました。御礼は後日」

「ありがとうございまする」

播磨屋伊右衛門の謝礼を相生屋が受けた。

「どのようにいたしましょう」

事後策をもう一度相生屋が問うた。

「そうですね。こちらも準備が欲しい。できるだけ延ばしていただけますか」

「承知いたしました。では、わたくしはこれで」

播磨屋伊右衛門の指図を聞いて、相生屋が帰っていった。

「できますね。余計な話を聞かない」

「お誉めに与り、畏れ入りまする」

相生屋を褒めた播磨屋伊右衛門に三浦屋四郎右衛門が頭を下げた。

「播磨屋どの、お奉行さまにお報せすべきでござる」

呆然《ぼうぜん》となっていた亨が、播磨屋伊右衛門に詰め寄った。

「いいえ」

播磨屋伊右衛門が拒んだ。

「なぜでございまする。お奉行さまに申しあげて、白川という用人を捕らえれば……」

「おわかりでしょう」

言いかけて詰まった亨に播磨屋伊右衛門が述べた。

「白川は武家、町奉行所では捕まえられない」

「はい。それに甲斐守さまから牧野大隅守さまに言っていただいても、知らぬ存ぜぬで逃げられましょう」

「なぜでござる。いかに用人とはいえ、ことがことでございまする。牧野大隅守さまも無視できますまい」

「吉原は苦界でございまする」

喰い下がった亨に三浦屋四郎右衛門が代わって答えた。

「苦界……」

「はい。大門のなかは世間と違いまする。吉原のなかではなにがあっても、やり得、やられ損が決まり。なにがあっても外はかかわりないのでございまする」

怪訝な顔をした亨へ三浦屋四郎右衛門が説明した。

「なにがあっても……人が死んでもでございまするか」

「さようでございまする。たとえ、お大名さまが亡くなられても、御上はお調べになりません。亡くなられたお方は、駕籠で屋敷まで運ばれ、数日後に病死のお届けが出る」

「………」

亨が呆然とした。

「それに吉原の者が、白川さまからそのようなことを言われた、あるいは聞いたと訴えたところで、誰も相手にいたしませぬ。吉原の者は人にあらず」

三浦屋四郎右衛門が淡々と述べた。

「なんの証もなしだと」

「そうなりますな」

亨の確認を播磨屋伊右衛門が引き取った。

「では、どうなさいまするや」

「それはこっちの仕事だ」

志村の声は低かった。

「吾が守っていると知っていながら、手出しをしてくる馬鹿には思い知らせてやらねばな。見せしめにしてくれるわ」

「見せしめはいいが、あまり派手なまねは止めてくれ」

町奉行所に属している亨である。志村の発言を軽くたしなめた。

「闇の争いだぞ。表には出ない」

「陰蔵はどうして」

弓遣いまで用意して咲江の命を狙った陰蔵が、とても静かな戦いをしたとは思えなかった。

「闇と闇じゃなかったろう。闇と表のものだったはずだ。まさか、お嬢が闇に生きているなどと言うまいな」

「おい」

冗談を言った志村を亨は制した。

「そちらはお任せいたしますよ、志村さま」

「もちろんだ」

播磨屋伊右衛門の念押しに志村がうなずいた。

「わたくしはわたくしで動きますので」

「なにをなさるおつもりでございまするか」

告げた播磨屋伊右衛門に亨が問うた。

「商人の戦いというのを見せてさしあげましょう」

播磨屋伊右衛門が氷のような目をした。


田沼意次が家治に目通りをしていた。

「主殿頭、どうしたのじゃ」

家治が気怠《けだる》そうな声で問うた。

「先日の上申書についてでございまするが、一つ見るべきものがございました」

「さようか。そうせい」

田沼意次に詳細を聞かず、家治が任せた。

「畏れ入りまする」

「うむ。もうよいか。躬《み》は庭を散策いたしたい」

平伏した田沼意次に家治が要求した。

「お庭でございますか」

「うむ。なんぞ花が咲いておるだろう」

家治は花見を好んでいた。

「できますれば、大奥の花を愛でていただきたく存じまする」

「……大奥の花は、うるさい」

庭に行くなら大奥で側室を閨《ねや》へ招いてくれと勧めた田沼意次に、家治が嫌そうな顔をした。

「上様にはお世継ぎさまお一人。できますればもう少しお胤《たね》をいただきたく」

田沼意次が家治を見上げた。

「……女か」

面倒くさそうな顔を家治がした。

家治は正室の倫子女王《ともこじょおう》を愛し、歴代将軍としては秀忠以来になる子供を儲けていた。しかし、女王の生んだ子は二人とも女であり、跡継ぎはできなかった。

「お側室を置かれませ」

将軍に跡継ぎがいなければ、いろいろな面倒が起こる。老中を始め、御三家、御三卿などが家治を説得し、なんとか側室を持たせた。

その一人、関東郡代の伊奈家の養女である知保が嫡男を生んだ。その後次男貞次郎もできた。

「もうよかろう」

家治はそれ以降、大奥には入っても正室と茶を飲んだりするだけで、女を抱こうとはしなかった。

「貞次郎さまは亡く、竹千代さまもようやく十歳をこえたばかり。上様はまだお若く、なんとしてももう少し、お血筋さまを儲けていただかねば困りまする」

「竹千代がおればよかろうに。神君家康さまもお一人子であらせられたのだぞ」

田沼意次の要求を家治が拒絶した。

「それにな、もし竹千代になにかあれば、摩寿に御三家から婿を取ればよかろう」

家治が倫子女王が生んだ次女の名前を出した。

「それでは困りまする。もし、摩寿さまにお子さまができなければ、上様のお血筋から離れてしまいまする」

田沼意次が首を横に振った。

代々の譜代ではない田沼意次がここまで出世できたのは、九代将軍家重、十代将軍家治と続けて寵愛を受けたからだ。

これは珍しいことであった。過去の寵臣として知られる柳沢美濃守吉保も代替わりと共に役目を退いて隠居している。これは五代将軍綱吉と六代将軍家宣《いえのぶ》が親子ではなかったからであった。

寵愛をくれた主君がいなくなると同時に寵臣も表舞台から身を退く。これは決まりのようなものであった。これは主君に殉じるのが寵臣の義務だというのもあるが、先代の影響を排除したい新しい権力者にとって、寵臣ほど邪魔なものはないからであった。

その寵臣が代をこえて、力を発揮するには、主君の寵愛が受け継がれなければならなかった。三代将軍家光における松平伊豆守信綱、六代将軍家宣における間部《まなべ》越《えち》前守詮房《ぜんのかみあきふさ》、そして田沼意次が、この希有な例と言えた。

家重と家治、二代続いて重用された田沼意次は、このまま権力を維持するために、なんとかして十一代将軍にも家治の血筋が就くことを願っていた。

「竹千代は気に入らぬか」

眠たそうな目をしていた家治が、寂しそうな顔をした。

「とんでもございませぬ」

田沼意次が否定した。

竹千代は八代将軍吉宗の再来と讃えられるほど聡明であった。また、城のなかに籠《こ》もりきりの家治と違って、鷹狩りなどにも出かけている。まさに、身体頑健、頭脳明晰を地で行っていた。

その竹千代が田沼意次を嫌っていた。

「父をたぶらかし、政から遠ざける悪臣め」

竹千代は若さによる潔白もあるのだろうが、賄賂を受け取って人事に気を配る田沼意次を汚らわしいと避けていた。

「余が将軍となったときには、すぐに幕閣から追放してくれる」

かねてから竹千代はそう宣言していた。

「竹千代さまは上様のご嫡子、わたくしごときがどうこうなどと考えるだけでも万死に値いたしまする。決してそのようなことはいたしませぬ。わたくしは万一を危惧しておるのでございまする」

強く田沼意次が否定した。

「万一……か」

家治が力なく笑った。

「主殿頭よ」

「はっ」

「将軍とは呪いよな」

「なにを仰せられまする。将軍とはすべての武家の棟梁であり、天下を統《す》べる唯一のお方。この国でもっとも尊ばれるお方でございまする」

「尊ばれているわけなかろう。政には手を出すな、大奥の女に子を産ませろ。将軍に求められるのはその二つだけであろうが」

田沼意次の言葉を家治が嘲弄した。

「そのようなことは……」

「止めよ」

否定しようとした田沼意次を家治が制した。

「躬がそなたを重用しておるのは、他の執政どもと違うからじゃ」

「違うとの仰せでございますが、それはどのように」

家治に田沼意次が問うた。

「老中になれる家柄の者どもは、どうしても前例にこだわる。あの者たちは失敗を怖がるからな。前例に従っていれば、たとえ失敗しても咎められぬ」

前例に倣うのは過去を守ることである。過去を否定することは、己たちの立場、譜代名門という格をも否定するに等しい。己が老中になれたのも、前例によるのだ。五万石以上で譜代という老中になれる格、これも幕府ができて以来延々と続いてきた前例なのだ。

「老中どもに政を任せては、天下はなにも変わらぬ。もちろん、変化しないことがまちがいではない。変化がかならず正しいわけではない」

家治が続けた。

「だが、変化を失えば腐る。池もたまにかき混ぜてやらねば、水が傷むであろう。それと同じだ。天下もたまに揺さぶられなければ腐敗してしまう」

「天下が腐る」

田沼意次が唖然とした。

「家柄で選ばれただけの者が、ずっと優秀なわけなかろう。もし、そうならば朝廷が幕府に取って代わられるはずなどなかろう」

「……それはそうでございますが」

家治の論理は合っている。田沼意次が認めた。

「将軍も同じよ。ずっと同じ血筋から出すのはどうかの。将軍の息子は将軍になる。これを当たり前のことといたすがゆえに、あれじゃ」

苦い顔で家治が西の丸のほうを見た。

「まさか……」

田沼意次が息を呑んだ。

「五歳で元服、従二位権大納言に任官。笑うであろう」

力ない笑いを家治が浮かべた。

「周囲の者も悪い。あやつを次の将軍だと持ちあげるから、増長する。まだ、十二や十三の子供が執政を批判する」

「…………」

竹千代こと元服して家基となった家治の嫡男の敵意を田沼意次も知っている。

「己になんの実績もないとわかってもおらぬ。たしかに子供は己を万能だと思うことがある。庶民の息子ならばまだいい。これが将軍の嫡男となると大きな問題になる。夢だけでものごとを語れるわけがない」

家治が吐き捨てた。

「学んでくれればよいが、そうはいくまい」

将軍は子育てにかかわらない。吾が子とはいえ、一日一度朝の挨拶に来たときくらいしか会話をしないのだ。吾が子の成長に問題があるとしても手出しできない。将軍家嫡男のしつけや教育は、生まれたときに付けられた傅役《もりやく》の仕事であった。

「話が逸《そ》れたの。竹千代のことではなかった。躬がなぜそなたを重用するかであった」

家治が話を戻した。

「田沼家は譜代だが、重代のとは言いがたい。そなたの父が徳川に仕え、今で二代じゃの」

「はい」

確認された田沼意次がうなずいた。

田沼家はもと紀州徳川家の足軽であった。意次の祖父が病身で奉公がかなわないとして一度退身して浪人になった。のち意次の父意行《もとゆき》がその才を認められて紀州家へ再仕官、まだ部屋住みであった吉宗の側に付けられた。やがて吉宗が将軍となったおかげで、幕臣へと抜擢され、旗本に列した。

「歴々の譜代とはいえぬが、引き立ててくれた徳川への忠誠心は厚い。そして、能力もある。なによりしがらみがない」

家治が述べた。

田沼家は柳沢吉保以来の出世をしているが、出自が小禄であったこともあり、名門と呼ばれる家との縁は薄い。田沼家が家治の寵愛を受けて大名になってから、子供たちの婚姻が大名相手になったが、意次の正室、継室はともに旗本の出である。とても今の田沼意次に影響を及ぼせるほどではなかった。

「躬がそうせい公であるのは、そなただけじゃ」

「それはっ……」

陰口を本人に言われた田沼意次が息を呑んだ。

「躬にも耳はあるぞ」

家治が苦笑した。

「畏れ入りまする」

「そなたが悪いわけではない。躬がそうさせているからじゃ。まあ、政などという面倒なまねはしたくないというのもあるがの。そもそも躬に政をさせては、天下万民の迷惑であろう」

「そのようなことはございませぬ」

「慰めは要らぬ。江戸城の奥から出たこともない躬に民の生活などわからぬ。わかってもいないものをいじくってみよ、結果がどうなるかなど火を見るより明らかじゃ」

首を横に振った田沼意次に家治が告げた。

「ゆえにそなたを抜擢した。しがらみがなく、能力があり、躬への忠誠もある。これ以上はあるまい」

「かたじけない仰せでございまするが、わたくしごときに……」

「搔き回せ」

謙遜しようとした田沼意次を無視して家治が命じた。

「……」

「天下という水が腐らぬように、搔き回せ。好きなようにしてよい。責は躬が負う」

黙った田沼意次に家治がもう一度言った。

「上様」

「庭に出る」

驚いている田沼意次を残して、家治が立ちあがった。

「すまぬと思うぞ」

詫びを残して家治が中庭へと出ていった。

「……怖ろしいお方である」

残された田沼意次が震えた。

三

いつものように登城して、無為なときを過ごしていた曲淵甲斐守のもとへお城坊主が来た。

「田沼主殿頭さまがお召しでございまする」

「拙者をか」

「はい。町奉行曲淵甲斐守さまを」

確かめた曲淵甲斐守にお城坊主が首肯した。

「承知いたした」

「待たれよ」

腰をあげようとした曲淵甲斐守を牧野大隅守が止めた。

「御坊主どのよ。田沼主殿頭さまは町奉行をお召しではないのか」

牧野大隅守がお城坊主に訊いた。

「はい。町奉行曲淵甲斐守さまをとのご指名でございまする」

「町奉行ならば、拙者も同じである。なぜ拙者ではなく、甲斐守どのなのか、理由を伺いたい」

ときの権力者からの呼び出しは出世の糸口でもある。

牧野大隅守が食らいついた。

「わたくしではわかりませぬ」

お城坊主は城中の使者とはいえ、使い走りでしかない。田沼意次の真意まで知っていなくて当然であった。

「ご一緒いたすぞ」

「なにをっ」

「馬鹿なことを」

立ちあがった牧野大隅守にお城坊主と曲淵甲斐守が驚いた。

「主殿頭さまがお呼びは拙者である。貴殿にはかかわりない」

「いや、わからぬぞ。町奉行に御用かも知れぬ。偶然田沼主殿頭さまが思いあたられたのがおぬしであっただけではないのか。町奉行へのものとあれば、拙者でもよいはずじゃ」

言った曲淵甲斐守に牧野大隅守が反論した。

「いけませぬ。主殿頭さまからのお指図は、曲淵甲斐守さまをとのことでございます。牧野大隅守さまをではございませぬ」

いかに使い走りとはいえ、いや、使い走りだからこそ、まちがいは許されなかった。

「子供の使いのほうが、ましである」

執政にそう非難されれば、お城坊主は終わる。免職は覚悟しなければならなかった。

「勝手に付いていくだけじゃ」

「しかし……」

「御坊主どのよ。埒《らち》があかぬ。なによりお召しに遅れるほうがまずい」

権力者は総じて気が短い。他人を待たせても、待たされることを嫌う。

「そうでございました。では、こちらへ曲淵甲斐守さま」

あくまでも案内するのは曲淵甲斐守だけだとお城坊主がこだわった。

「うむ」

曲淵甲斐守も牧野大隅守をいないものとして無視した。

「ふん」

鼻を鳴らしながら、牧野大隅守が少し間を空けて追従した。

執政の一人には違いないが、田沼意次は老中格でしかない。それに家治が側から離さないというのもあり、田沼意次の居場所は老中たちの執務室である上の御用部屋からさらに奥、お休息の間の控えであった。

「主殿頭さま、曲淵甲斐守さまをお連れいたしましてございまする」

お城坊主が控えの前で膝を突いた。

「開けよ」

なかから応答があった。

「御免をくださいませ」

お城坊主が襖を開けた。

「入れ」

田沼意次が曲淵甲斐守を招いた。

「ご無礼仕りまする」

曲淵甲斐守が膝で敷居をこえた。

「お待ちくださいませ」

急いで牧野大隅守が続こうとした。

「誰じゃ」

田沼意次が咎めるような目つきでお城坊主を睨んだ。

「み、南町奉行牧野大隅守さまでございまする」

お城坊主があわてて平伏した。

「呼んでおらぬぞ」

「主殿頭さま、お話をお聞かせくださいませ。町奉行所にかかわることとなれば、曲淵甲斐守どのよりも、この牧野大隅守が先達でございまする」

こちらのほうが経験していると牧野大隅守が売りこんだ。

「甲斐守」

「はっ」

牧野大隅守を無視した田沼意次に曲淵甲斐守が応じた。

「先日のことだが、見込みはどうであるか」

「検討を重ねました結果、可能であると判断仕りましてございまする」

田沼意次の質問に曲淵甲斐守が答えた。

「ふむ。火付け盗賊改めとの調整もできるな」

「はい。完全に役割を分離すればよいかと」

続いた問いにも曲淵甲斐守はしっかりと返答をした。

「寺社奉行との兼ね合いは」

「門前町の扱いをどうするかと、どこまでを門前とするかを明確にせねばなりませぬが、それだけかと」

猶予なく飛んでくる質問も曲淵甲斐守は難なくこなした。

「よかろう」

満足そうに田沼意次がうなずいた。

「ご説明を願いたく」

蚊帳《かや》の外に置かれた牧野大隅守があわてて割りこんだ。

「上様からはお預けいただいた」

「おおっ」

当代一の寵臣の求めを将軍が認めたのだ。これで曲淵甲斐守の策はなったも同然、曲淵甲斐守が喜びの声をあげたのも当然であった。

「ことがことじゃ。いきなり来月からとか来年からとかは無理であるが、準備の準備にはかかってよい。ただし、あまり派手にはやるな」

「わかりましてございまする」

曲淵甲斐守が手を突いた。

「手抜かりのないようにの」

「承知いたしました。では、これにて」

念を押された曲淵甲斐守が強く首を縦に振った。

「お待ちくださいませ」

完全に無視された牧野大隅守が大きな声を出した。

「町奉行にかかわることであれば、拙者も知っておくべきでござろう。経験の浅い貴殿では、田沼主殿頭さまのご期待に応えられまい」

牧野大隅守が曲淵甲斐守に嚙みついた。

「…………」

無言で曲淵甲斐守が背を向けた。

「待てと申したぞ」

牧野大隅守が曲淵甲斐守の肩に手を伸ばした。

「きさまはなにをしておる」

「……えっ」

氷のような冷たい声で問うた田沼意次に牧野大隅守が戸惑った。

「ここは上様の御座に近い側用人の控えである。用なき者が足を踏み入れてよい場所ではない」

「ですから……」

「黙れ、上様のお耳に届くぞ」

「…………」

まだ言い募ろうとした牧野大隅守だったが、さすがに家治の名前を出されればどうしようもない。

「頭の悪いやつじゃ」

田沼意次が牧野大隅守を蔑《さげす》んだ目で見た。

「いかに田沼主殿頭さまとはいえ、無礼でありましょう」

馬鹿だと罵られた牧野大隅守が怒りを見せた。

「悪いものを悪いと言うのは当たり前じゃ。そなた、余が呼んでもおらぬのに甲斐守に付いてきたうえ、許しなく控えに入った。側用人の控えに無断で入るのは重罪じゃ。目付に報せてもよいところであるが、知らぬ顔で見逃してやろうとしていたのじゃ。それをわざわざ無にするとは」

大きく田沼意次がため息を吐いた。

「で、では……」

「町奉行への用ではない。曲淵甲斐守への御用であった」

震えながら訊いた牧野大隅守に田沼意次が告げた。

「申しわけもございませぬ」

牧野大隅守が平蜘蛛のようになった。

「遅いわ」

田沼意次が牧野大隅守の謝罪を蹴った。

「そこまでするならば、教えてやろう。このたび御上では無駄な費《つい》えをなくすため、役人の数を入り用なだけに減らすことにした」

「役人を減らす……まさかっ」

曲淵甲斐守を呼んで牧野大隅守を外した。そこから読み取れないようでは、とても役人として生き残っていけない。

牧野大隅守が蒼白《そうはく》になった。

「まだ決まったわけではない。外へ漏らすことは許さぬ。もし、噂でも流れたら、余はそなたが原因だと思う」

「…………」

口外を禁じられた牧野大隅守が息を呑んだ。

「町奉行は一人でよい」

「主殿頭さまっ」

断じた田沼意次に牧野大隅守が叫んだ。

「黙れ」

冷たい顔で田沼意次が命じた。

「余にそなたを咎める権はない。目付にも預けぬ。ただし、余の前に二度と顔を出すな」

「……………」

牧野大隅守が頭を垂れた。これは町奉行として残すのは曲淵甲斐守であり、牧野大隅守ではないとの宣言であった。

「ご無礼を仕りました」

田沼意次に嫌われる。これは役人としての将来が閉ざされたに等しい。牧野大隅守が悄然《しょうぜん》として控えを出ていった。

「あのていどで町奉行が務まるのか。町奉行は寺社奉行、勘定奉行を含めた三奉行のなかでもっとも無駄じゃな。曲淵甲斐守の献策は的を射ておる」

田沼意次があきれた。

四

播磨屋伊右衛門は外出を減らした。いつもならば顔を出す得意先にも番頭を行かせ、できるだけ店に居残るようにしだした。

「身体の調子でも悪いん」

　咲江が気にした。

「いいや、元気だけどね。ちょっと今は店の外に出ないほうがいいのだよ」

　播磨屋伊右衛門が笑いながら大丈夫だと手を振った。

「わからへんわ」

　咲江が首をかしげた。

「城見はんに聞いてこよう」

「これこれ、お邪魔をしてはいけませんよ」

　背を向けかけた咲江を播磨屋伊右衛門が制した。

「御用とは思えへんけど。裏庭でじっとしてはるだけやし」

　咲江が抗議した。

「男にはそういうときもあるんだよ。なにもしていないように見えても、頭のなかではいろいろなことを考えておられる」

「そうなんかなあ」

　播磨屋伊右衛門に諭されても、咲江は納得していなかった。

「どうせやくたいもないことで悩んではるだけやと思うけど。大坂でもそうやったし。城見はんが考えたところで、なんもでけへんことをずっと思案してはる。手の届かないところもあるのに」

咲江がしみじみと言った。

「……ずいぶんと変わったな」

播磨屋伊右衛門が感心した。

「変わるわ。あたしは女やもん。好きな男はんができたら大人になるし、子供ができたら母親になる。女はどんどん育っていくねんで」

「そうか、そうだな」

胸を張る咲江に播磨屋伊右衛門がうなずいた。

「たしかに、今、城見さまは苦しんでおられる。それを癒やせるか」

「悩んではるねんな。わかった、ちょっと行ってくるわ」

問うた播磨屋伊右衛門に笑いかけると咲江が動いた。

「もう少し落ち着きが出たら、日本橋の越後屋さんに嫁入りしても恥ずかしくないのだけどねえ」

咲江の腰の軽さに播磨屋伊右衛門がため息を吐いた。

亨は播磨屋の中庭に並ぶ蔵の一つの石段に腰掛けて、吉原の三浦屋でおこなわれた話し合いを思い出していた。

「南町奉行だからといって、法を犯してよいわけはない。牧野大隅守さまの用人が刺客の手配をさせたことをあきらかにし、目付の裁断を仰ぐべきではないのか」

町奉行は犯罪を取り締まるのが主たる任になる。他にも江戸の市中の行政、防災などもおろそかにできない役目だが、なんといっても犯人の捕縛、取り調べ、裁決こそ町奉行所の表看板である。

その看板を背負っている町奉行が犯罪に手を染める。そして、それを知りながら訴え出ない播磨屋伊右衛門と志村にも亨は疑問を拭えなかった。

「刺客が放たれる前に、牧野大隅守さまをお役ご免にすれば……」

播磨屋伊右衛門が狙われたのは、曲淵甲斐守と手を組んだからだ。そして日本橋の老舗である播磨屋伊右衛門の影響力は大きい。町屋はもちろん、取引のある大名、旗本もその意向を無視できないだけの力がある。

「南町奉行所を干しましょう」

播磨屋伊右衛門がこう言えば、相応の効果が見込める。

南町奉行牧野大隅守は、それを怖れている。そのために播磨屋伊右衛門を亡き者にして、曲淵甲斐守に打撃を与えようと考えた。その結果が刺客に繋がったと亨は考えていた。

当然、これは出世競争の相手である曲淵甲斐守と牧野大隅守の戦いであった。町奉行から出世するとなるとかなり難しくなる。町奉行になるだけでも一代の出世として子々孫々まで誇れるほどのものだが、それをこえるとなると話が一気に変わる。町奉行のままで終われば届かない大名への出世が、留守居やお側御用取次になれば望めるのだ。

八代将軍吉宗によって足高《たしだか》の制度が作られ、昔のようにその役目に就いただけで禄が役高に応じて増えるということはなくなった。だが、留守居やお側御用取次は違った。その呼び名の通り、将軍が江戸城を出ている間を預かる留守居には十万石の格式が付与される。次男まで目通りを許され、下屋敷を新たに下賜された。これだけのことを在任中に受けていれば、辞めたところでそれなりの扱いは残される。

お側御用取次も同じである。老中を止めるだけの権と参政を認められた旗本出色の立場は、大名をはるかにしのぐ。

留守居やお側御用取次などとなれば、足高の制度も絶対ではなくなる。八代将軍吉宗が亡くなり、九代将軍家重となってすぐ、幕府は十年以上役職にありふさわしいだけの功績をあげた者には、禄直しをおこなうとの通達を出した。足高制度の骨抜きであった。

「吾に従え」

将軍になるとき、吉宗はときの執政たちに逆らわないという誓書を出させている。それだけの力を吉宗は持っていた。

だが、家重は幼少のときの熱病で言語不明瞭となり、政をできる状態ではなかった。

となれば、吉宗のおこなった将軍親政は崩れ、ふたたび老中たちの執政が復活してくる。

「功績ある者には報いねばならぬ。信賞必罰こそ、政の根本である」

正論を盾に老中たちは足高を骨抜きにした。さすがに将軍が定めた法を廃することはできなかったため、みょうな言いわけのついた通達になってしまったが、功績があると決めるのは実質老中たちなのだ。

「老中になったならば、交通の要所を領地に与えるべきである。重職が守ってこそ、街道の安全は守られる」

表高は変わらなくても、実高や運上の多い土地への転封をお手盛りでおこなうことができる。留守居やお側御用取次などへの配慮は、いわばそれへの申しわけみたいなものであったが、慣例になれば効力は生まれる。

「なんとしても町奉行よりも上へ」

曲淵甲斐守が目の色を変えて狙うのもこれを期待してのことであった。

だが、出世の席は少ない。留守居の定員は五名、お側御用取次は概ね三名から五名であり、合わせても十名ほどしかいない。

対して、留守居とお側御用取次にあがれる役目は、町奉行、勘定奉行、大目付、大番頭、小姓番頭、書院番頭、小納戸頭取、西の丸留守居など多岐にわたり、人数も数十人をこえる。競争が激しくなるのは当たり前であった。

「主君の出世は臣の願うところではある」

亨が独りごちた。

主君が出世し、石高が多くなれば、家臣の禄も増えた。千石の旗本なら、用人でも五十石もらえればいいほうだが、それが三千石になれば八十石、五千石だと百石ほどになる。

戦がなくなった泰平の世で陪臣が加増を受けるには、主君の出世か、同僚、あるいは上役を蹴落とすかをしなければならなかった。

「だからといって……町奉行が、悪事を企み、それを知っていながら見逃すなどあってよいのだろうか」

町奉行所の内与力となったことが亨に疑問を持たせていた。

「なにしてはりますのん」

苦吟している亨に咲江が明るい声をかけた。

「西どのか」

「もう、咲江と呼んでおくれやすな」

応じた亨に咲江が口を尖《とが》らせた。

「まだ婚姻をすませておらぬ」

「相変わらず固いなあ」

首を横に振った亨に咲江が拗ねた。

「答えは出ましたか」

咲江が真剣な顔をした。

「……気づいておられたのか」

「わかります。あたしは一日、城見はんの顔を見てますねん。屈託のない日もあれば、眉間にしわを寄せておられる日もある。もちろん、笑ってはるお顔が一等好きやけど、難しく頰をゆがめてはる顔も気に入ってます」

「臆面もなく……」

正面から好きだと言われた亨が頰を染めた。

「あたしに話すことはでけへんとわかってますえ。でも、ちょっとは頼って欲しいと思うてますねんで」

咲江が亨を優しく睨んだ。

「話さずにどうやって頼るというのだ」

悩みは他人に話し、解決の方法や糸口について助言をもらうことで晴れるものである。咲江の言葉に亨が首をかしげた。

「大概の悩みは、気にするほどのものやおまへん」

「それは乱暴すぎる」

咲江の言いぶんに亨が驚いた。

「そうですやろ。自分でどうにかできるていどのものやったら、悩まんでよろしいやん。ほんで、自分ではどうしようもない大きな悩みやったら、どうやっても届きまへんやろ。つまり、悩むだけ無駄ですえ」

「……むうう」

まちがいではない。亨は唸った。

「でも気になる。そんなときは……えいっ」

すっと近づいた咲江が座っている亨の頭を胸に抱えこんだ。

「な、なにをする」

女のもっとも女らしいところに顔を押しつけられた亨が慌てた。

「じっとしておくれやす。あたしも恥ずかしいんや」

咲江が真っ赤になりながら、力をよりこめた。

「耳を澄ませて……」

「……耳を」

囁《ささや》かれた亨が従った。

「聞こえまへんか、あたしの胸の鼓動が」

「……聞こえる」

柔らかい感触の奥から激しい鼓動が頬を伝わってきた。亨は集中した。

「生きてますねん。それだけでよろしいやん。遠い将来のことはお偉い方に任せて、あたしたちは今日と明日のことを考えましょ」

「近きを思えか」

「はい」

確認するような亨に咲江がうなずいた。

「手の届く範囲だけを守っておくれやす」

「そうだな。己にできることを見極める」

「わかってくれはったら、まずはそのお手をどうすればええかを示しておくれやす」

「……こうか」

亨が咲江の腰に手を回した。

「あと、今日と明日のことを考えましょうと言うたけど、今はあたしのことだけ考えて欲しい」

蚊の泣くような声で咲江が求めた。

第五章　怒りの矛先

一

伊豆は世間で罪を犯し、吉原へ逃げこんだ凶状持ちではなかった。遊女と客の間に生まれた子供であった。

男を受けいれていくらという遊女が孕《はら》むと仕事に差し支える。通常、こういった場合は吉原のかかりつけ医をしている中条流の堕胎医師か、訳ありの産婆に堕ろさせる。

とはいえ、女の胎内に石見銀山を流して胎児を殺し、それを柳の枝で掻き出すという中条流はもちろん、手の小さな産婆が直接胎児を摑んで握り潰す堕胎法も乱暴極まりなく、施術された遊女もそのまま死んでしまうことが多い。これでは元も子もないと考えた遊女屋の主が子を産むまで客を取らさず、その間の売り上げの損失を遊女の借金に重ねるという手段を取ってくれたおかげで伊豆は生まれた。

吉原で生まれた子供に人別はなく、女は成長すると客を取り、男は生きて大人になれれば男衆として、生涯吉原で生活した。

伊豆はそのおかげで罪を犯していないため、大門を出ても無宿人検めを受けない限り、御用聞きに追いかけ回されない。

伊豆は吉原でも数少ない大門外へ出られる男衆であり、今回の鈴屋という駕籠屋の主になりすますのに格好の人物であった。

「わかっているね」

「へい」

相生屋から念を押された伊豆がうなずいた。

「へい、じゃないだろう。おまえは鈴屋の主なんだよ。もっと堂々としていなさい」

「申しわけございやせん」

「……まあいい。武家の相手をするにはそれくらい腰が低いほうがいいかも知れない」

身についた所作はなかなかごまかせない。相生屋がため息を吐いた。

「幸いというか、おまえは父親がちょっとした商人だったからか、顔立ちが下卑ていない。長くしゃべらなければ、襤褸《ぼろ》もでないだろうよ」

相生屋が我慢するかと言った。

「役割はわかっているね」

「承知してやす。牧野さまの御用人、白川さまのもとへ行って、刺客をするために調べたら、とても簡単とは思えないので、日延べと報酬の増額を願う、でございましょう」

確認された伊豆が告げた。

「金は出せない、日延べはできないと言われたらどうするんだい」

「へい。だったら話はご破算ということでと言って帰ってくる」

「そうだ」

伊豆の返答に相生屋がうなずいた。

「では、すんなりか一応ごねたがやむを得ず受けいれたという場合はどうなんだい」

「日時の約束をせずに帰ってくる」

「けっこうだ」

相生屋が伊豆の答えに満足した。

「では、行って参りやす」

「任せたよ」

出ていく伊豆を相生屋が見送った。

牧野大隅守の用人白川は、代々の譜代であった。白川は部屋住みのとき牧野大隅守の小姓として出仕、父の隠居を受けて用人となった。用人として二十年近い経験を持ち、役目に邁進している主に代わって屋敷を把握していた。

「御用人さま」

勘定方から昨日までの内証決済を聞いていた白川のもとへ若い家臣が顔を出した。

「鈴屋と申す者がお目通りをと申しておりますが、いかがいたしましょう」

「……来るなと申したのに」

若い家臣の問いに白川が苦い顔をした。

「断りましょうや」

上役の顔色を見るのは下僚の性である。若い家臣が先回りをした。

「いや、会う」

嫌そうな顔のまま白川が認めた。

「玄関脇ではなく、吾が長屋で会う。案内を頼む」

「御用人さまのお長屋でございますな。承知いたしましてございまする」

若い家臣が首肯した。

買いもののために商人を、建物の手入れのために職人を、長屋へ通すことはままあった。若い家臣はいぶかしむことなく、白川の指示に従った。

「さ、まずは御用をすませようぞ」

白川が鈴屋を待たせた。

「…………」

鈴屋こと伊豆は白湯さえ出ない白川の長屋で待ち続けた。

「いい骨休めだ」

一刻（約二時間）ほど待たされたところで、伊豆が苦笑した。

吉原の男衆は、客が遊女とことに及んでいる部屋の外で、なにかしらの声がかかるまでじっと待ち続けなければならないだけに、忍耐強かった。

「怒らせて帰らせようという手は使えねえよ」

一日二食、水もほとんど摂らない男衆である。半日やそこら放置されても平気である。

「来るなと命じたはずだが」

さらに半刻（約一時間）ほどして、ようやく顔を出した白川が詫びも言わずに責めた。

「状況が変わりやしたことをご報告に」

文句も言わず伊豆が述べた。

「すべてを任せると申したであろう。些末《さまつ》なことの報告など不要じゃ。結果だけでよい」

白川が不満を露わにした。

「さようでござんしたか。それはご無礼をいたしやした。お邪魔さんで」

すっと伊豆が腰をあげた。

「……えっ」

白川が間の抜けた顔をした。

「次のご報告は何年先でござんしょうか。いや、ないかも知れやせん」

「待たぬか」

一礼して出て行こうとした伊豆を白川が慌てて制した。

「報告がないとはどういうことぞ」

白川が伊豆を詰問した。

「播磨屋を殺せそうにないと申しあげたのでござんすよ」

伊豆がなにを今更という風に首をかしげた。

「なにを言うか。引き受けただろう」

「正式にお引き受けいたしてはおりやせん。獲物のことを調べてからお引き受けするかどうかを決めたいと申しあげたはずでござんしたが」

「なにを……金を受け取ったではないか。まさか、金を取るだけ取ってなにもしないつもりか」

白川が憤った。

「どうもお話に食い違いがあるようで」

伊豆が困惑の表情を浮かべた。

「わたくしがくださいとお願いしたのは、調べのための金でございますよ」

「なにを言うか。あのとき儂は播磨屋を殺すための金かと訊いたはずじゃ」

伊豆の言いぶんに白川が反論した。

「たかが二十両やそこらの金で、江戸一と言われる酒問屋の主を仕留める……ご冗談でござんしょう。播磨屋には腕利きの用心棒が二人も付いている。その二人を排除して、播磨屋の命を取る。どう考えても一人、二人でできることじゃござ いません。少なくとも五人は要りやす。二十両すべてを遣っても、一人あたり四両にしかなりやせん。命がけの仕事をそんな端金で引き受ける者なんぞいやしやせん」

「そんなことなど知るか。金を受け取った限りはし遂げるのが筋であろう」

「だから金は刺客の金ではなく、その準備のためだと申しておりやしょう」

「違う。あれですべてじゃ」

「話になりやせん。あっしはちゃんと調べの金だと言いやした」

「ふざけたことを……」

水掛け論であった。

刺客などという法度に反したものでは、通常の商いのように後日の証拠となるような書きものを残しはしない。

それを伊豆は利用した。

「き、きさま……」

白川が顔色を変えた。

「端から金だけを受け取って、なにもしない気だったな」

「人聞きの悪いことを言わないでいただきやしょう。盗って逃げるつもりならば、今日、ここまで来やしませんよ」

逃げるつもりなら、とっくに逃げ出していると伊豆が言い返した。

「むっ」

正論に近い伊豆の苦情に白川が詰まった。

「では、お話はこれまでということで」

「待て。金はどうなる」

「ちゃんと播磨屋のことを調べやしたので、いただきやすよ」

正当な報酬だと伊豆が告げた。

「なにもしておらぬのに、金だけ取ると言うか」

「やったことの報告に参ったと言ったはずで」

伊豆の態度がどんどん悪くなっていった。

「ううぬう」

白川が詰まった。

「その報告を聞きたくねえとのこと。なら、もう用はござんせん」

ふたたび伊豆が帰ろうとした。

「わかった。報告を聞こう」

「要らないと言われたはずで」

話せと促した白川に伊豆が頬をゆがめた。

「金を払ったのだぞ。聞かせよ」

「……はあ」

大きなため息を吐きながら、伊豆が腰を下ろした。

「いただいたお金のぶんはしかたありやせんね」

伊豆が口を開いた。

「播磨屋は今年で六十二歳になりやす。子供は二人、男は跡取りの市之助《いちのすけ》、娘は同業のところへ嫁にいっており、どちらも一緒には住んでやせん。奉公人の数は通いも入れて十八人、それとは別に用心棒が二人おりやす」

「他にもおるはずじゃ」

「せっかちなことで」

伊豆があきれた。

「用心棒のことはもういいのでござんすね」

「いや、要る」

「だったら、もう少し黙って聞いていただきたいもので」

「……わかった」

白川が引いた。

「用心棒の二人はどちらも浪人、ともにかなり剣術を遣いやす。その辺の道場主ていどならば、軽くあしらいやしょう」

「できるとは聞いていたが、そこまでか」

白川が難しい顔をした。

「次に最近加わったのが……」

「うむ」

うなずくことで白川が先を促した。

「一人は少し前からいたようでござんす。播磨屋の親戚筋にあたる若い女で、名前は咲江。どうやら上方から来たらしくそれ以上はわかりやせん。それ以上を求めるならば、上方まで人をやることになります」

暗に別料金だと伊豆が告げた。

「女のことなど、どうでもよい」

白川が拒んだ。

「それより、なぜ播磨屋を殺せぬというのだ」

「ですから金が要ると申しておりやす」

同じことを何度言わせるとばかりに伊豆が首を横に振った。

「用心棒二人を抑えるのに四人、それも道場が開けるほどの遣い手を用意しなければなりやせん。それくらいの腕利きになると一人あたり日当で二両、四人で一日八両は要りやす。そこに播磨屋を仕留める男が一人」

「そやつは腕が要らぬから安くてすむのだろう」

白川が口を挟んだ。

「ところが、播磨屋もかなり遣うそうで」

「たかが商人だぞ」

伊豆の話に白川が驚いた。

「播磨屋でござんすが、調べたところ若いころ船に乗って、海賊と戦ったことがあるそうで」

「海賊だと。そのようなものが今時あるわけなかろう」

白川が鼻で笑った。

「あるというより、豹変するんでござんすよ。そのへんの漁師が」

「なにを言っておる」

伊豆の言葉に白川が怪訝な顔をした。

「海の上で船がいなくなるなんぞ当たり前。それに難破した船の積み荷は拾った者のものになるという慣例があのあたりにはあるとか」

「なんということだ。善良なる漁師が航行している船を襲い、難破に見せかけるなど……」

白川が唖然とした。

「人というものは、役人が見ていなければなんでもするものでござんすよ」

下卑た笑いを伊豆が浮かべた。

「播磨屋を仕留める男もそれなりのものでなければならないというのもわかった。それでも全部合わせて十両ほどではないか。先日の二十両で足りる」

「一日でと申しましたが」

なんともいえない顔で伊豆が笑った。

「刺客など一瞬で終わろうが。相手に襲いかかり、仕留めて逃げる。一日どころか、一刻も要るまい」

「はあああ」

思い切り大きく伊豆が嘆息した。

「きさま、無礼にもほどがあるぞ」

　白川が憤慨した。

「いつ播磨屋が店から出てくるのか、どうやって知ると」

「そんなもの、店を見張っていれば……あっ」

　己で言いかけて、白川が気づいた。

「出てくるのをずっと見張っていなければいけやせん。それも見張りの者だけではいきませんでしょうが。獲物が巣穴から出てきた。それから猟師を集めてなんぞできますか。その日、猟師が他の狩り場に出ていたら、今日は休みだと遊びに出ていたら……」

「そのようなこと牧野家の用を果たす……」

「刺客にご当家さまの名前を知られてもよいと」

「…………」

　白川が黙った。

「おわかりいただけましたかね。刺客は獲物に張り付いていなきゃいけやせん。まあ、初日でことが終わることもないわけじゃありませんが、まず三日、下手をすれば一月」

「三十両から三百両もか」

「まあ、さすがに一月はかかりません。そのための調べでござんすから。播磨屋が何日に一度店を出て、どこへ行くか、用心棒は付いていくのかなどを調べれば、多少のずれがあっても四、五日で終わりましょう」

「そのための二十両か」

「高くはございますまい」

まだ不満ながら理解したという風の白川に伊豆が述べた。

「で、いかがなさいやす」

「……しばし待て。さすがにそれだけの金をさらにとなれば、一存ではいかぬ」

返答を求められた白川が猶予を欲しがった。

「ようござんす。では、お決まりになりやしたら、相生屋さんまでご一報くださいな。ああ、念を押すまでもないですが、うちの店の周りにみょうな連中を出さないようにお願いしやす。刺客の切っ先が……」

伊豆が冷たい目で白川を睨んだ。

「わ、わかっておる」

白川が小さく何度も首を縦に振った。

二

毎朝、亨は咲江に起こされた。

「城見さま、朝でございまする」

さすがに部屋のなかまでは咲江も入ってこない。嫁入り前の娘が、男の寝ている部屋へ入るのは、武家でなくともまずかった。

「おはようござる。今、起きまする」

「お着替えのお手伝いを」

他人の家で寝過ぎるわけはいかない。亨は起こされる前には起きるようにしていた。

「しばし、お待ちをいただきたい」

咲江の申し出を亨は断った。

武家の心得で、夜中に押っ取り刀で駆けつけなければならないとき、寝乱れた姿で褌《ふんどし》を見せるのは心得がないとして嘲笑される。とはいえ、寝返りもする。どうしても夜着は乱れてしまう。

「はい」

咲江が素直に従った。

まだ婚姻をなしてはいないが、同じ屋根の下で生活するようになったことで咲江の態度がずいぶんと変わってきた。

かつてのように強引なまねは少なくなり、遠慮が出てきた。

「お入りいただいても差し支えござらぬ」

夜着を脱ぎ、常着になった亨が咲江の入室を認めた。

「ごめんをくださいませ」

咲江がしずしずと入ってきた。

「お手伝いいたしましょう」

立っている亨に袴を手にした咲江が近づいた。

袴はなかなか一人で身に着けるのは難しい。とはいえ、袴を着けるだけならば、一人でも問題ない。が、袴は着けているだけでいいというわけではなく、腰板の位置、左右の均一など気にしなければならないところはいくつもあった。

「……よろしゅうございましょうや」

「たいへんけっこうでござる」

咲江の確認に亨がうなずいた。

「はああ、よかった」

ほっと咲江が安堵の息を吐いた。

「疲れるわあ」

「無理をせずともよかろうに」

「そうはいかへんやん。お義母さまにご挨拶せんならんし。そのときにしつけのできてない嫁やと嫌われたら泣いてまうわ」

あきれた亨に咲江が泣きそうな顔をした。

「母はそのような人ではないぞ」

「息子と嫁やったら、態度違うもんや」

咲江が首を左右に振った。

「なぜわかる」

「あたしがそうやもん。絶対嫌や、他の女なんて」

「夫ではないぞ、息子だ」

身をもむ咲江に亨が驚いた。

夫が他の女に手を出しても、嫉妬をしてはいけないのが武家であった。武家は血と家をなによりとしている。家は先祖の功績で成り立ち、与えられた禄を受け継ぐ。禄は当主ではなく、家に付く。もし、当主に子供がいなければ、家はなくなるのが通例であった。

つまり武家の当主は、なにがあっても子を作らなければならないのだ。正室に子供ができなかったり、娘しかいなかったとき、当主の多くは側室をおいた。そして正室は、それに苦情を付けることも、生まれた子供を忌避することも許されなかった。

いや、正室はその子を吾が子として育てなければならなかった。

武家に嫁ぐ女は、どのような形でも跡継ぎを作る。嫉妬などしている暇はない。

それに咲江は真っ向から反対したに近い。

「息子やからよけいやんか。夫やったら、取り返せる。万一よそ見しても、やっぱりあたしやなければと思いなおさせたらええ。あたしの努力次第やろ」

「拙者は他の女に手など出さんぞ」

亨が憮然とした。

「当たり前やし。絶対、他の女なんか目にやらせへん」

咲江が宣言した。

「しやけど、息子はそうはいかへん。わかってはいるんやで。息子はいずれ他の女のものになると。そやけど、我慢でけへんねん」

「…………」

亨が黙った。

「女やからこそ、お義母さんの気持ちがわかるねん。どこの馬の骨ともわからん、見たこともない女が、今日から嫁やと大きな顔をする。それをすんなりと受け入れられるわけないい」

「むうう」

咲江の心にあるものを聞いた亨がうなった。

「さて、よろしおす」

終わりだと咲江が亨の袴の腰板をそっと叩いた。

亨は今、主曲淵甲斐守の命で奉行所へ出所しなくてもよくなっている。朝餉をすませた亨は、志村と二人で江戸の町を回り、刺客業の残党を探していた。

「今日も悪いの」

「いや」

亨の詫びに志村が手を振った。

「危なっかしくて、おぬし一人では行かせられぬ」

志村が首を横に振った。

「少しは成長したと思っているのだが」

「己は甘いものだぞ、己にな」

「…………」

志村の評価に亨は憮然とした。

「殺し合いはまちがいなくうまくなっている。たぶん、もう十人も斬れば、刺客としてやっていけるだろうほどにはな」

「褒められているのか、それは」

「もちろん褒めている。ただし、闇の住人となるならばな」

疑問を呈した亨に志村が淡々と言った。

「闇はな、いつでも口を開けている。いや、待ち受けている。闇というのは、おぬしが思っているほど遠くではない。そうよな、長屋でいえば、二軒くらいだろう」

「二軒隣……ずいぶんと近い」

亨が驚いた。

「それだけ闇は日常に密接していると思え」

志村が続けた。

「闇は広い。他人を金で殺す刺客から、小博打、岡場所まで含まれる」

「岡場所もか」

亨が目を大きくした。

たしかに岡場所は法度に反している。しかし、公認の吉原だけでは江戸の男の欲求を処理できないのも確かなのだ。

参勤交代で江戸へ出てくる勤番士を始め、国元で食い詰めた男たちが一旗揚げようと集まっているだけに、吉原にいる遊女では足りない。

男というのは欲求の激しいものである。ときどき発散させてやらないと、すぐに苛立ち些細なことで喧嘩《けんか》沙汰を起こす。場合によっては刃傷沙汰にもなる。それを幕府もわかっているからこそ、岡場所を黙認していた。

「岡場所は金を産む。そして、その金は闇を太らせる」

志村が冷たい声を出した。

岡場所は法度を犯している。つまり幕府の決まりを気にしていない。

幕府は二代将軍秀忠のおり、人身売買を禁止した。実際に金で人を遣り取りすることはもちろん、年限を決めない奉公も認めないと定めた。

そのため吉原では、すべての遊女は二十八歳で満期と決めている。しかし、岡場所では、そんな決まりは関係なかった。

「借金がなくなるまで働け」

ここまでは当たり前である。金を借りた限りは返さなければならない。そのために遊女は身体を売っている。だが、稼ごうとしても稼げない日は出てくる。体調の問題もあれば、客が付かないときもある。

吉原ではこれを茶引きといい、ほとんどの場合、客に出すためのお茶の粉を作るだけでいい。

岡場所では違った。体調の問題は端からない。月のものであろうが、病であろうが、客が付いたら仕事をしなければならない。また、客がいなくても決められた売り上げは店へ納めなければならなかった。そう、自分で自分を買うのである。もちろん、その費用は借財に上乗せされた。

他にも岡場所では、使用した夜具の損耗代、衣服代、食事代などが遊女の負担になった。ひどい見世では、事後の始末をするちり紙の代金まで遊女の借金にしている。

まさに客から気に入られて落籍《ひか》されるか、死ぬかしないと岡場所から出られない。何度吉原からの要請で岡場所が手入れを受けようとも、すぐに復活するのはそれだけ儲かるからであった。

「おぬしは岡場所に行ったことがないだろう」

「ない。町奉行所の内与力がそのようなところへ出入りするなど許されぬ」

確認した志村に亨が強く否定した。

「一度行ってみろ。岡場所がどれほど流行っているか見てこい。できれば遊女を買って抱いてみろ。きっとなにかがわかる」

「岡場所へ……か」

真剣な志村に亨が難しい顔をした。

「お役目だと思え」

「役目で遊女を抱くのか」

「そうでもなければ、おぬしにはできまい。それこそ、生涯お嬢以外の女を知らずにすごすことになるぞ」

納得のいかない亨に志村が述べた。

「当然であろう。妻以外の女に手を出すなど……」

最後まで言わないだけの見識を亨は持っていた。

「違うぞ、女は。一人、一人な」

「なにを言うか」

「背の高さ、肉付きの良さ、声の通り。そして生きてきた日々」

「生きてきた日々……」

亨が息を呑んだ。

「お嬢のように幸せに生きてきた女なんぞ、不幸な日々を送ってきた女の半分もいやしねえ。不幸の度合いに違いはあってもな」

「不幸を知らねば、闇は理解できない」

「すべての不幸が闇のせいではないが、闇は不幸によって成り立つ」

志村がじっと亨を見つめた。

「知らねば、足を掬われるぞ」

そのまま志村が続けた。

「闇の深さをなめるな」

「…………」

志村に言われた亨はなにも言えなかった。

三

志村の助言に悩んでいるうちに亨は両国橋を渡って本所、深川へと入った。

本所、深川は町奉行所の管轄になるが、一時深川奉行所ができた経緯などもあり、あまり真剣に対応していなかった。

深川廻り同心はとりあえず、橋をこえるがなにもせずに帰ってくるのが当たり前であり、それを知っている本所、深川の連中が法度を守るはずもない。

刺客だったころの志村もこのあたりを根城にしていた。

「どうする。旅所に行くか」

自分が知っている顔役のもとを訪れるかと志村が問うた。

「そうよなあ」

少し考えた亨が首を横に振った。

「止めておこう。なまじ知っているだけにやりにくい」

「気を遣わなくていいのだぞ」

志村が肩をすくめた。

「そういうわけではないが、顔を知られているだろう。かえって動きにくい」

亨が理由を述べた。

「なるほど、最初から町方だとわかっていては、闇は出てこぬか」

志村が納得した。

「だが、そうなるとどいつが闇かはわからぬ」

「旅所以外の親分を知らないのか」

困惑した志村に亨が問うた。

「刺客というのは、抱えている親分にとって大切な商売道具であり、同時に大事な矛であり、強力な盾でもあった」

「裏切られたら……」

志村の言いたいことを亨は読んだ。

「そういうことだ。刺客にはいろいろと知られているからな、隠れ家も。敵対している親分に刺客を金で買われたら、その日にあの世行きだ。それを防ぐには、刺客を囲いこむしかない」

「仲間さえ信用できぬとは、闇というのはさみしいものだ」

亨が嘆息した。

「なにを言うか。町奉行所のなかよりましだろう」

「むっ」

皮肉げに笑う志村に亨は詰まった。

「町奉行所だけではないが、武家も同じだ」

志村が亨から目を離した。

「忠実な家臣を闇に染めようという主君」

「…………」

志村の言葉に亨は黙った。

「あいつが臭いな」

不意に志村が足を止めた。

「…………」

先ほどの衝撃で亨は動けなかった。

「ちょっと待ってろ」

志村が亨を置いて歩き出した。

「ちいと訊きたいが、このあたりを治めているのは、木遣りの九作の親分さんかい」

「なんだ、おめえは」

声をかけてきた志村に男がうさんくさそうな顔をした。

本所や深川には食い詰めた浪人が腐るほどいた。そのほとんどが碌でもない連中であり、武士としての尊敬を受けるに値していなかった。

「答えを訊きたいのだがな」

志村が穏やかに促した。

「誰だと言ってる」

男が志村に近づいて挑発した。

「そうかいっ」

いきなり志村が男の足を踏んだ。

「ぎゃっ」

足の甲は人体の急所の一つである。そこを剣術遣いの踏みこみの勢いで押さえつけられてはたまらない。

男が絶叫した。

「思い出したか」

「……ああ。たしかにこのあたりは木遣りの親分が差配なさっている」

足を外してもらった男がうなずいた。

「ありがとうよ」

あっさりと志村が男を解放した。

「てめえ、木遣りの親分さんの片腕とも言われる檜《ひのき》の五吉さまにこのようなまねをしておいてただですむと思うなよ。今すぐに仲間を集めてくれる。無事に深川を出られると思うなよ」

あわてて間合いを取りながら、男が嘯いた。

「集めなくてもいいぞ」

「なんだと」

志村の応対に五吉が唖然とした。

「こちらから行ってやる」

「なにを言っている。わかっているのか、木遣りの一家は三十人以上いるんだぞ。剣術遣いだって何人も」

「それがどうかしたのか」

淡々と志村が応じた。

「ここで一人減らしておくのも悪くねえな」

「ひっ」

志村の殺気を浴びた五吉が腰を抜かした。

「木遣りの宿《やさ》はどこだ」

「知らねえ」

問われた五吉が否定した。

「片腕なんだろう」

「違う、そんなに偉くなんてねえ」

確認する志村に五吉が首を横に振った。

「じゃあ、どうやって仲間と会う」

力で他者を支配する無頼は一人では生きていけなかった。いかに強くとも一人では数に勝てない。だから無頼は寄るのだ。

「一日一度、顔を出す。そこで親分からの指図を受ける」

「なるほど、用心深いことだ。生き残るにはそれくらいでなければな。どこぞの馬鹿は、表に出たから滅んだ」

「陰蔵のことか」

江戸の闇を揺るがせた大事だけに五吉も知っていた。

「だけとは限らないぜ。無頼の末路なんて哀れなもんさ。畳の上で死ねるなんて思うだけでも贅沢なのさ」

「……ひい」

五吉が悲鳴を上げた。

「送っていってやろう。両国橋を渡るまでな」

「なんで」

志村の申し出に五吉が怪訝な顔をした。

「わかってないのか。おまえ、今、身内の決まりを余所者《よそもの》に教えたんだぞ」

「あっ」

言われた五吉が手で口を押さえた。

「もう、遅《おせ》えよ」

志村が周囲を示した。

「おめえのさっきの悲鳴で人が集まってきてるぜ」

隠しおおせないと志村が告げた。

これを繰り返す。一日で十人ほどを深川から追い出し、三日が過ぎた。

「あれでいいか」

志村が歩き出した。

「おい」

「なんだ」

「ちと訊きたいことがあってな」

いつもの遣り取りを繰り返した志村だったが、声をかけられた無頼の反応が違っていた。

「てめえだな。こいつだああ」

無頼が大声をあげた。

「そやつか」

「よくやったぞ」

たちまち周囲から浪人と無頼が湧いて出た。

「……やっとか」

志村が小さく口の端を吊り上げた。

「なんのつもりだ」

「縄張りを狙っているんだろう。てめえの後ろにいるのは誰だ。旅所か、それとも橋場か」

志村を取り囲んだ者たちが口々に問い詰めてきた。

「なんのことだ。拙者は道を訊きたかっただけだ」

「とぼけるな。てめえの顔は知られているんだ。よくも配下たちを捨てさせたな」

首をかしげてみせた志村をひときわ腕の太い男が怒鳴りつけた。

「配下……ということは、おめえが木遣りのなんとやらか」

「九作さまだ。馬鹿にしやがって……」

からかった志村に木遣りの九作が青筋を立てた。

「誰に雇われた」

木遣りの九作がもう一度訊いた。

「誰にというと……あれだな。将軍さまにちょっと行って深川を掃除してこいと命じられたのだ」

志村が江戸城を指さした。

「なにを言っている」

「ふざけたまねを」

無頼たちが声を荒らげた。

「違ったな。こっちだった」

今度は天を志村が指さした。

「神様に頼まれた」

「こいつっ……」

木遣りの九作がついに辛抱できなくなった。

「言いたくなるように痛めつけてやれ」

「おう」

「任されよ」

無頼が匕首《あいくち》を、浪人が刀を抜いた。

「降りかかる火の粉は払わなきゃなるまい」

志村も応じて、太刀を手にした。

「くたばれっ」

匕首を振り回しながら無頼が、志村へ突っこんできた。

「殺しちゃ駄目なんだろうに。死人に話は訊けないぞ」

木遣りの九作の指示を無視したような無頼に、志村が苦笑しながら太刀を斬りあげた。

「ぎゃっ」

匕首を持った右腕を飛ばされた無頼が血を撒《ま》きながら転がった。

「あの切り口、できるぞ」

「わかっておる」

浪人たちの表情が険しいものになった。

「おうりゃあ」

一人の浪人が上段から刀を志村に向けて落とした。

「…………」

身体を開いてかわした志村へもう一人の浪人が一撃を加えた。

「そうくると思っていた」

「同じだな」

志村がかわすと予想し、その位置を薙いだ浪人へ志村が笑いかけた。

「なにをっ」

薙ぎを太刀で打ちあげた志村が、丸空きになった浪人の胴を思いきり蹴飛ばした。

「がはっ」

肋骨を数本まとめて折られた浪人が吹き飛んだ。

「王寺氏……きさまっ」

仲間がやられたことで頭に血がのぼった最初の浪人が、下に流れた刀を斬り返すようにして志村へと送った。

「甘い。しっかり振り落とした勢いを殺してからでなければ、こういうのは効かない」

余裕をもって志村が対処した。

「これで」

無理をした浪人の両手を志村は太刀で断ちきった。

「…………」

衝撃で浪人が意識を失った。

「次はどいつだ」

ひらりと太刀を振って血を払った志村が、残っていた無頼たちを見回した。

「そ、その仕草……血鞘」

無頼の一人が志村を指さした。

「なんだとっ」

木遣りの九作が驚愕した。

「人違いだな」

一斉に集まった目に志村が淡々と否定した。

「まちがいない。血の付いた刀を振る。そのときに血が鞘に付くからと謳われた別名」

「ずいぶんと話が違っているな。まあ、鞘が血で紅くなると言われるよりましか」

無頼の説明に、志村が苦笑した。

「やはり、おめえが血鞘」

「だったらどうだと」

木遣りの九作へ志村が問いかけた。

「いなくなったと聞いていたのに」

「血鞘ならいなくなっているぞ。二度と出てこない。吾はただの雇われ浪人だ」

鳴り響いている血鞘の悪名に震えあがっている木遣りの九作に、志村が答えた。

「誰に雇われたんだ。その倍出そう。五十両でどうだ」

木遣りの九作が命乞いを始めた。

「倍だと。笑うぞ」

「百両か、二百両か」

鼻で笑った志村に木遣りの九作が金額を吊り上げた。

「老後だ」

「へっ……」

志村に言われた木遣りの九作が間の抜けた声を漏らした。

「人斬り浪人に老後を、畳の上で死ねる未来を約束してくれた。それを上回るものを、おめえは提示できるのか」

「なにを言っている。そんなもの……」

木遣りの九作が戸惑った。

「つまりは、無駄だということよ」

買収は効かないと志村が宣した。

「散れ。見逃してやる。ただし、江戸で見かけたら次はない」

志村が刀で無頼や浪人たちを追い払った。

「ひいい」

「わかった。江戸を売る」

無頼と浪人が親分である木遣りの九作を見捨てて逃げていった。

「あっ、待て。てめえら、ただじゃおかねえぞ」

木遣りの九作が止めようとしたが、誰も振り向きもしなかった。

「さて、と」

刀をぶらさげて志村が木遣りの九作へ近づいた。

「……つっ」

矜持からか悲鳴は漏らさなかったが、木遣りの九作が後ずさった。

「おめえは終わりだな」

暴力で縄張りを支配してきた顔役が、さらなる暴力に脅えた。騒ぎを見に集まっている野次馬がこのことをあっという間に広める。そうなれば、木遣りの九作の言うことなど誰も聞かなくなる。今まで上納金を払っていた岡場所や博打場が塩を投げてくる。金と配下を失った顔役なぞ、案山子《かかし》ていどの脅しにしかならない。

「どうしろと」

木遣りの九作が尋ねた。

「手下どもと同じだ。深川から出ていけ」

「……わかった」

拒絶はできない。木遣りの九作が渋々ながらうなずいた。

「後は誰が入る」

「おめえにはかかわりないな」

誰が縄張りを受け継ぐと訊いた木遣りの九作を志村が冷たく拒絶した。

「くっ。こんなことをしても無駄だぞ。かならず、この縄張りを奪いに誰かが来る」

「来なくなるまで繰り返すだけだ。百でも二百でもな。さっきも言っただろう。拙者には未来があると。安心して働ける」

捨てぜりふを吐いた木遣りの九作に志村が言い返した。

「どこの馬鹿だ。そんな形のないものを約束したのは。未来なんぞ、誰もわからないものだ。転んで頭を打って死ぬこともある。明日どころか、一寸先は闇だぞ」

木遣りの九作がまだ言い募った。

「闇へ向かって進むのが、生きるということ。だが、拙者は蠟燭《ろうそく》を一本手にした。それがどれだけ心強いか。おめえは暗闇だろうがな」

「わからねえ」

語った志村に首を左右に振りながら、木遣りの九作が背を向けた。

「光のありがたさを知れば、わかるさ」

「…………」

近づいた亨の耳に志村の呟きが聞こえた。

四

曲淵甲斐守と田沼意次からはじき出された牧野大隅守は奉行所に戻るなり、用人白川を呼び出した。

「申しわけございませぬ」

主君の顔を見た瞬間に白川が平伏して謝罪した。

「意味がわかっておるのか」

「いまだ、播磨屋を……」

「違うわ。いや、もちろん、それもある。だが、それ以上に、そなたは足りなすぎる」

言いかけた白川を遮って、牧野大隅守が叱った。

「未熟とは存じておりますが、足りなすぎるとの仰せはどこにご不満がおありなのでございましょう」

白川が問うた。

「用人として、そなたは十分に配慮をしたのか」

「配慮でございますれば、十二分にいたしております る」

牧野大隅守の確認に白川がうなずいた。

配慮とは心遣い、直截《ちょくせつ》に言うと賄《まいない》であった。

「田沼さまへの気遣いはしたのか」

「…………」

白川が黙った。

「したのかと訊いているのだ」

牧野大隅守が返答を求めた。

「……いたしておりませぬ」

白川がうつむいた。

「なぜせぬ」

「金が足りませぬ」

問い詰められた白川が苦渋の表情を浮かべた。

「……むっ」

聞いた牧野大隅守が詰まった。

「田沼主殿頭さまは、お金でいろいろと便宜をお計らいくださるとのことでございますが、身上にあったものでなければ、かえってご機嫌を損ねるそうで」

「身上にあったものといえば……」

「当家ですと、ご挨拶だけで二十両、覚えていただくとあれば五十両は要ります」

金額を問うた牧野大隅守に白川が答えた。

二千二百石の牧野家の収入は八百八十石、金にしておおよそ八百両ほどでしかなかった。さらにそこから家臣や女中たちの給金を出さなければならず、手取りは五百両を割った。

五百両で日々の生活を賄い、旗本としての体面を保つとなれば、余剰はほとんどでなかった。幸い、役目に就いたおかげで足高の八百俵がもらえているが、これは町奉行としての役目を無難に果たすために遣われ、家計にまでは回らない。

「五十両は大きいな」

牧野大隅守が勢いを消した。

「なまじ少ない金額で参上し、甘く見ているのかと叱られるよりはよいかと思案し、田沼主殿頭さまのもとへは参っておりませんでした。申しわけございませぬ」

「いや、よい」

詫びた白川が口にした理由を牧野大隅守がやむなしと認めた。

「田沼主殿頭さまになにか」

「城中で叱られたわ」

田沼意次から釘を刺されている。どこから漏れるかわからないだけに、白川とはいえ詳細を話すわけにはいかない。牧野大隅守がごまかした。

「なんとっ」

牧野大隅守の言葉に白川が絶句した。

「ただちにお詫びを」

寵臣を怒らせれば、老中といえども無事ではすまなかった。南町奉行など一瞬で吹き飛んでしまう。

白川が顔色を変えた。

「よい。もう遅い」

牧野大隅守が白川を止めた。

「ですが……」

「田沼主殿頭さまに顔を見せるなと叱られたのだ。今さら多少の金を持っていったところで、焼け石に水だ」

「それでもせぬよりはましかと」

あきらめている牧野大隅守に白川がまだあきらめるなと言った。

「百両出せるか」

「……難しゅうございまする」

訊かれた白川が小さく首を左右に振った。

「であろう。ならば、これ以上田沼さまとかかわらず、目立たぬようにやりすごした方がまだましよ」

牧野大隅守が触らぬ神にたたりなしだと告げた。

「はい」

主君の命ならば、用人は従うだけでいい。白川が安堵した。

「それよりも問題なのは、曲淵甲斐守が田沼主殿頭さまの信頼を得ているということだ」

「甲斐守さまが、田沼主殿頭さまの」

白川が驚いた。

「余を無視して、二人でなにかしら話をしていた。いや、田沼主殿頭さまが甲斐守へなにやら命じていたようであった。それも上様のご裁可が下りているとも」

「上様の……」

「うむ。町奉行にかかわりがあることのように思えるのだが、余にはまったく話が回ってこぬ」

大きく牧野大隅守が息を継いだ。

「もうそうならば、まずい。田沼主殿頭さまのなかで町奉行といえば、甲斐守になってしまっている」

「……………」

「なんとしてでも、甲斐守の足を引っ張る……いや、足を掬わなければならぬ」

「はい」

牧野大隅守の言いぶんを白川が認めた。

「甲斐守が月番の間に播磨屋伊右衛門を始末いたせ」

町奉行は南北で毎月交代で当番を務めた。これを月番といい、基本としてこの間に起こった事件などを解決まで担当した。

「……月番の終わりまで……あと十二日しかございませぬ」

「十二日もあると思え。月番の間に下手人が出たとして、それを捕まえられなければ、能力に疑問が生まれよう。城下の不穏を解決できぬ町奉行など役に立たぬとご老中さまから叱っていただけよう」

町奉行は老中支配になる。城下でなにか変事が起こったとき、月番町奉行はやはり月番の老中から呼び出され、叱咤激励を受けることがあった。

「播磨屋は大奥出入りでもあり、諸方への出入りも多い。その播磨屋が殺されたとあれば、ご老中さまもご興味を持たれよう」

「…………」

黙っている白川に牧野大隅守が続けた。

「刺客はどうなっている」

「詳細をお話ししておりませんでしたが、現在……」

白川が経緯を語った。

「鈴屋という駕籠屋が元締めだと」

「と相生屋が申しておりました」

「己の目で確認をしておらぬのか」

人伝だと報告した白川に牧野大隅守があきれた。

「鈴屋という駕籠屋を見てもないのだな」

「はい。周辺をうろついただけでも、敵対行為だと見なすと釘を刺されましたので」

確認した牧野大隅守に白川が首肯した。

「愚かというにもほどがあるわ」

牧野大隅守が目を覆った。

「少しはものごとを考えよ。刺客の元締めが、正体を明かすはずなどなかろうが」

「ですが、相生屋の紹介で……」

「相生屋とは吉原の者であろう。吉原は苦界ぞ。あそこに住む者は、皆人外である。その言葉を信じるなど、あり得ぬ」

白川の言いわけを牧野大隅守が粉砕した。

「では、鈴屋も偽りだと」

「その目で見てこい。あったらあったで、なければないで、次の手を打て。急げ。余が沈めば、そなたも滅びるのだぞ」

問いかけた白川に牧野大隅守が指図した。

「次の手と仰せられましても、刺客への伝手など他にございませぬ」

そもそも白川が相生屋を頼ったのは、苦界吉原ならばそういった闇の者とも付き合いがあるだろうというあいまいな推測からである。しっかりとした伝手があれば、端から吉原を頼ってはいない。

「…………」

牧野大隅守も黙った。

命じるのは簡単だが、できるかどうかを判断してからでないと、ただの横暴になる。

「飛んでみせろ」

と言ったところで、人は鳥ではない。できもしないことを言うのは、主君としての素質に問題があると非難される。

「刺客を見つけ出せぬならば、こちらで生み出せばよい」

「なにを仰せになりますか」

いきなり言い出した牧野大隅守に白川が絶句した。

「まさか、わたくしに播磨屋を討てと……」

「そちは剣術をやってもおらぬであろうが。そんな者にさせても無駄死にを作るだけじゃ」

怯えた白川に牧野大隅守がため息を吐いた。

「では、家中の遣い手に」

二千二百石の牧野家には、四十人をこえる家臣がいた。槍持ちや轡《くつわ》取りなどの小者がほとんどだが、それでも侍身分の者が二十人弱いる。なかには真面目に剣術道場へ通い、目録や切り紙などを受けている者もいた。

「阿呆が。大事な譜代の家臣どもをそんな汚れた任で遣い潰せるか」

牧野大隅守が大きく首を横に振った。

「では、どうなさるおつもりでございましょうや」

白川が尋ねた。

「浪人狩りをする」

「……浪人狩りでございますか」

白川が怪訝な顔をした。

由井正雪の乱で浪人を放置することのまずさを思い知った幕府は、ときどき町奉行に浪人の捕縛をさせていた。

もちろん、浪人といっても身元が確で正業に就いている者や、ちゃんとした住居を持っている者は対象にせず、居所さえないような無宿者を捕まえて小伝馬町の牢へ放りこみ、形だけの取り調べをしたあとで江戸から所払いに処した。

「いや、無宿者狩りじゃ」

無宿者は人別を失った連中のことである。借金で夜逃げをして、後を追われないように自ら無宿者になる者もいるが、そのほとんどがなにかしらの罪を犯して親類縁者から絶縁されて、人別から抜かれた碌でもない連中であった。

人を隠すには人のなかというわけではなかろうが、一人増えただけでも目立つ田舎ではなく、隣人がなにをしているかさえ気にしない大きな町へ集まる傾向にあり、天下第一の城下町江戸には特に多かった。

無宿になれば、まともな仕事には就けず、普通の長屋を借りることもできないため、手っ取り早い稼ぎとして犯罪に手を染める者がほとんどで、江戸町奉行所でも手を焼いていた。

「そなたを内与力に指名する」

内与力は町奉行となった旗本の家臣から選ばれ、町奉行所の役人との交渉役を務める。一応身分は直臣格で筆頭与力並の権限を与えられた。人数は二、三名から五名くらいまでと町奉行によってばらつきがあった。

「わたくしをでございますか。用人と内与力の兼務は……」

屋敷を預かる用人は多忙である。そのうえ内与力の仕事まではとても手が回らないと白川が二の足を踏んだ。

「無宿者狩りの指揮だけじゃ。それ以外のことはせずともよい。また、狩りで人手が足りれば、そこで内与力は免じる」

一時的なものだと牧野大隅守が告げた。

「わたくしはそこでなにを」

「刺客として使えそうな者を選んでおけ。人を殺すことなどなんとも思わぬ者をな。あとは牢屋敷に入れられたそやつらを、密かに雇い入れる」

「そのようなことができましょうか」

牢屋敷のなかにいる無宿者を町奉行が刺客として雇うなど考えられないことであった。

「知っておるか。小伝馬町の牢屋敷は、金次第でどうにでもなるという。金さえあれば、牢内にいて酒を呑み、煙草を吸い、女も抱けるそうじゃぞ」

「まさか……」

白川が目を剝いた。

「牢奉行の石出《いしで》帯刀《たてわき》から聞いた。牢に勤める者は不浄職としても最下級となり、出世はおろか飯もまともに喰えぬ。牢屋同心は町同心の三十俵より少ない二十俵だからな。禄だけでは月に三分ほどしかない。とても生きてはいけぬ。そこで便宜を図る代わりに金を受け取っている」

「どうにかできませぬのか」

「できるものか。牢屋同心どもを徒目付《かちめつけ》へ突き出したところで、次に来た者も同じことをすることになる」

　牧野大隅守が首を左右に振った。

「あやつらは幕臣ではない。牢屋の囚人どもに雇われているのよ」

「……………」

　嘲《あざけ》る牧野大隅守に白川は黙った。

「牢屋のことは、別の者にさせる。そなたは、鈴屋のことを確認せよ。話はそこからじゃ」

「……はい」

　言われた白川が首肯した。


　主君に追い立てられた白川が、鈴屋を探しに出た。

「鈴屋でござんすか」

　白川に尋ねられた商人風の男が首をかしげた。

「聞いたことござんせんねえ」

「この辺りで駕籠屋といえば、そこの辻角にある筒井屋さんだけでございますが」

誰もが鈴屋を知らないと答えた。

「……念のためだ」

白川は日本橋の自身番へ立ち寄った。

「牧野大隅守家臣白川である。この付近に鈴屋という店はあるか」

「鈴屋さんならば、二つ北の辻を東へ入って三つ目の辻を左に曲がった二軒目でございまする」

自身番の番太がていねいに告げた。

「あるのか……駕籠屋だな、鈴屋は」

「いえ、鈴屋さんは小間物問屋でございますよ。御三家紀州さまお出入りの老舗で」

念を押した白川に番太が否定した。

「……っ」

白川が衝撃を受けた。

「他に鈴屋は……」

「聞いたことがござんせん」

番太が首を横に振った。

「そうか。手間を取らせた」

頭を下げず、礼を口にした白川が自身番を出た。

「……相生屋め。よくも儂を騙してくれたな」

念のため、番太から聞いた鈴屋を確認しに出向いた白川が、櫛《くし》やかんざしを買うために出入りする女たちを見て憤怒の顔をした。

「このままですませてたまるか」

相生屋は白川をはめて、無駄に日にちと金を浪費させた。金はもちろん、日数の余裕を削られたことが痛い。

「どうしてくれようか」

白川が相生屋への報復を考えた。

「……駄目か」

吉原は町奉行所の管轄ではない。いかに南町奉行の牧野大隅守といえども、吉原へ直接手出しをすることはできなかった。

「なんのために相生屋は儂を騙した」

用人に抜擢されるだけあって、少し冷静になった白川は吉原の意図を読み始めた。

「儂はよき客であったはずじゃ」

白川は身分と財政から通い詰めるとまではいわないが、相生屋を長く利用してきた。馴染みの証である紋入りの浴衣、名前入りの湯飲みなども作ってもらっている。

その白川を相生屋が騙した。

「……もしかして播磨屋も相生屋の客だったのか」

白川が思い当たった。

「勝負にならぬな」

播磨屋伊右衛門の財力は十万石の大名を凌駕する。とても旗本の用人ごときが勝てる相手ではなかった。遊びも心付けも播磨屋伊右衛門のほうが数倍派手なのはまちがいなかった。

「これが吉原か」

大門の内側は世俗の権が意味をなさない。大名であろうが、職人であろうが、吉原にとっては同じ客である。違いがあるとすれば、どれだけの金を見世に落としたかだけであった。

「そういうことなのだな」

白川が納得した。

「なれば、こちらもそのつもりで動くとする」

小さく白川が口の端をゆがめた。


白川はその足で吉原へ向かった。

「相生屋、面倒をかけてすまなかったの。鈴屋に伝えてくれ、なかったことにせよと」

二階の座敷へ揚がった白川が、相生屋に告げた。

「刺客は不要になったと」

「そうじゃ。播磨屋を排除する理由がなくなったのだ」

確かめようとした相生屋に白川がうなずいた。

「それはそれは」

「鈴屋に会いたいが、ときが惜しい。そなたから鈴屋へ断りを入れておいてくれるか」

相槌を打った相生屋に白川が頼んだ。

これも確認のためのものであった。刺客という特殊な話である。通常ならば、間に立つことを嫌がる。なにかあったときに巻きこまれるからだ。

「承知いたしました。白川さまがお預けになられたお金に余剰があれば、いかがいたしましょう」

相生屋がすんなりと引き受けた。

「近いうちに来る。そのときにでももらおう」

白川がもう一つ罠を張った。

金の遣り取りを白川は相生屋に教えていない。こういった仲介になれているか、あるいは仕組んだのでなければ、面倒ごとのもとになりかねない刺客の請負金など触りたくもないはずであった。

「承知いたしました。お預かりいたしておきましょう」

今度も相生屋は引き受けた。

「では、これで帰る」

「今日は、お遊びになられませぬので」

腰を上げかけた白川に相生屋が怪訝な顔をした。

「忙しいのでな。落ち着いたらゆっくりと遊ばせてもらおう」

白川が手を振って相生屋を出ていった。

「さて、これで布石は打った」

相生屋が播磨屋伊右衛門と通じているならば、刺客の話は立ち消えになったと油断するはずだ。白川は歩きながら口の端をゆがめた。

「次は無宿者狩り、そして播磨屋の命を奪える者探し……」

大門を潜った白川が吉原を振り向いた。

「儂を虚仮《こけ》にした報いは、受けてもらうぞ」

白川が嬌声に溢れる吉原を睨みつけた。

この作品は書き下ろしです。

幻冬舎時代小説文庫

●好評既刊
妾屋昼兵衛女帳面
側室顛末
上田秀人

世継ぎなきはお家断絶。苛烈な幕法の存在は、「妾屋」なる裏稼業を生んだ。だが、相続には陰謀と権力闘争がつきまとう。ゆえに妾屋は、命の危機にさらされる——。白熱の新シリーズ第一弾!

●好評既刊
妾屋昼兵衛女帳面二
拝領品次第
上田秀人

神君家康からの拝領品を狙った盗難事件が多発。裏には、将軍家斉の鬱屈に絡んだ陰謀が。嗤う妾と、仕掛ける黒幕。巻き込まれた昼兵衛と新左衛門の運命やいかに? 人気沸騰シリーズ第二弾。

●好評既刊
妾屋昼兵衛女帳面三
旦那背信
上田秀人

妾を巡る騒動で老中松平家と対立した山城屋昼兵衛は、大月新左衛門に用心棒を依頼する。その暗闘を巧みに操りながら、二人の動きを注視する黒幕の狙いとは一体? 風雲急を告げる第三弾!

●好評既刊
妾屋の四季
上田秀人

大奥や吉原との激闘をくぐり抜けた妾屋一党だが、安息の日々が訪れるはずもなく……。女で稼ぐ商売ゆえ、体を張って女を守る! 女の悲哀と男の気概を描く「妾屋昼兵衛女帳面」シリーズ外伝。

●好評既刊
関東郡代 記録に止《とど》めず
家康の遺策
上田秀人

神君が隠匿した莫大な遺産。それを護る関東郡代が幕府の重鎮・田沼意次と、武と智を尽くした暗闘を繰り広げる。やがて迎えた対決の時、死してなお世を揺るがす家康の策略が明らかになる!

町奉行内与力奮闘記《まちぶぎょううちよりきふんとうき》八

詭計《きけい》の理《ことわり》

上田秀人《うえだひでと》

平成31年3月15日　初版発行

発行人――石原正康
編集人――袖山満一子
発行所――株式会社幻冬舎
〒151-0051東京都渋谷区千駄ヶ谷4-9-7
電話　03(5411)6222(営業)
　　　03(5411)6211(編集)
振替00120-8-767643
印刷・製本―株式会社 光邦
装丁者――高橋雅之

検印廃止
万一、落丁乱丁のある場合は送料小社負担でお取替致します。小社宛にお送り下さい。
本書の一部あるいは全部を無断で複写複製することは、法律で認められた場合を除き、著作権の侵害となります。
定価はカバーに表示してあります。

Printed in Japan © Hideto Ueda 2019

幻冬舎時代小説文庫

ISBN978-4-344-42846-1　C0193

う-8-18

幻冬舎ホームページアドレス　http://www.gentosha.co.jp/
この本に関するご意見・ご感想をメールでお寄せいただく場合は、
comment@gentosha.co.jpまで。